Michael Köhlmeier ♤ Der Unfisch

Michael Köhlmeier

Der Unfisch

Die Erzählung zum Film von
Robert Dornhelm

Deuticke

Umschlaggestaltung: Robert Hollinger
Umschlagmotiv: ORF-Grafikdesign/Karl M. Maier
unter Verwendung von Fotografien
von Peter Korrak und Pedro Kramreiter
Druck: Wiener Verlag, Himberg bei Wien

Printed in Austria

ISBN 3-216-30311-X

Wunderbar, rätselhaft, vorweltlich – die Wasserfälle der Rappenlochschlucht. Weißer Gischt, darüber zerstiebt das Wasser zu Nebel. Das Licht fällt schräg herein. Ein Regenbogen spannt sich von einer Wand der Schlucht zur anderen.

Weit oben führt eine Brücke über die Klamm.

Ein Vogel versucht, gegen den Donner des Wassers anzupiepsen. Ein anderer Vogel antwortet. Worauf richten sie ihre Blicke?

Hört, was die Liebenden sagen: Es ist voll Widersinn. Aber spitzt die Ohren und lauscht in die Tiefe, dann versteht ihr vielleicht, was sie meinen. Denn was sie sagen, ist oft etwas anderes, als sie meinen.

Angenommen, er sagt: »Vielleicht ist es wirklich besser, Maria, wenn wir bis zum Frühling warten«, dann meint er wahrscheinlich das Gegenteil. Nämlich daß er nicht warten will. Und sei's nur aus Trotz.

Und wenn sie darauf antwortet: »Ich will bei dir sein, Carl. Dazu braucht's keinen Ring am Finger«, dann klingt das so friedlich, aber in Wahrheit beginnt hier vielleicht bereits ein Streit.

Wer spricht da? – Was treiben die beiden? – Liegen sie beieinander?

Nein: Sie hängen in Seilen, die beiden. Sie klettern durch die Schlucht, über die glatten, nassen Wände klettern sie. Carl und Maria.

»Du läßt dir den Kopf von dem idiotischen Hundsmann vollreden«, sagt Carl. Er spreizt sich zwischen zwei Felsvorsprünge, sichert sich am Seil mit dem Karabiner. »Daß du zu gut für mich bist. Sagt er das? Ich hör' ihn, den Hundemann!«

Wütend zieht sich Carl nach oben. Warum ist er wütend? Weil ihm Maria immer widerspricht? Ist es das? Es ist ja nicht das erste Mal, daß sie dieses Gespräch führen.

Wenn sie will, kann sie Carl überholen. Sie weiß, das würde ihn noch wütender machen. »Sag nicht Hundsmann und nicht Hundemann zu ihm«, sagt sie. »Es ist eine Beleidigung.«

»Warum stört es dich, wenn ich ihn beleidige?« sagt Carl. »Was verteidigst du ihn!«

»Er ist freundlich zu mir, Carl. Mehr ist nicht. Und zu meinen Eltern ist er auch freundlich. Warum also soll ich wollen, daß du ihn beleidigst!«

»Du brauchst ja nicht zu wollen, daß ich ihn beleidige. Es soll dich nur nicht stören, wenn ich es tue! Verstehst du den feinen Unterschied?«

Nun wird Maria auch zornig: »Nein«, sagt sie, »nein, Carl, ich versteh' deinen feinen Unterschied nicht!

Deine feinen Unterschiede versteht nämlich niemand. Es ist absurd, was du sagst, Carl!«

»Und sag nicht absurd!« Zwischen Klettern und Streiten ist nun kein Unterschied mehr. Sie klettern um die Wette und streiten um die Wette. »Was plapperst du Wörter nach, die er dir vorkaut!«

»Ich plappere nicht, Carl! Prinzipiell plappere ich nicht! Verstanden!«

Carl will sich mit der rechten Hand an einem Stein sichern. Der Stein bricht heraus, fällt in die Tiefe. Carl stürzt ab.

Carl hängt im Seil über der Schlucht. Er dreht sich wie auf einer Schaukel. Und er will weitermachen in ihrem Streit, will hinauf zu Maria rufen, das sei zwar noch einmal gut gegangen, aber sie soll sich gesagt sein lassen, daß es ihre Schuld war, weil sie ihm dauernd widerspricht und ihn immer so wütend macht. Aber dann sagt er es doch nicht. Der Mund bleibt ihm offen.

»Das ist absurd«, murmelt er. Was schaut er so? Was sieht er? Folgen wir seinem Blick …

Ein Walfisch schwebt durch die Berge.

»Siehst du das, Carl«, staunt Maria über ihm. »Siehst du, was ich sehe?«

»Ja, ich sehe es«, sagt Carl. »Es ist absurd.«

Was verwendest du Wörter, die nicht in unsre Gegend passen – das hatte Carl bei anderer Gelegenheit zu Maria gesagt. Angeschrien hatte er sie, die ja seine Geliebte ist. Jetzt weiß er kein anderes Wort als dieses, das er so haßt, weil es das Lieblingswort eines anderen ist.

Der Wal schwebt durch die Berge. Verschwindet hinter Bäumen. Taucht wieder auf. Verschwindet hinter Felsvorsprüngen. Taucht wieder auf … – Verlassen wir für einen Augenblick Carl und Maria und erkunden wir diese Erscheinung.

Kein Wunder, nein! – Es gibt keine Fische, die durch die Berge fliegen. Außerdem, das muß mit Nachdruck festgestellt werden: Ein Wal ist kein Fisch.

Es handelt sich hier um einen vergessenen, alten, präparierten, grau gewordenen Wal, für den Einkommenssteuer bezahlt werden muß. Er ist die vergessene, alte Sensation eines vergessenen, alten Schaustellers. Mit einem verrotteten Lastwagen schleppt Roberto diesen Unfisch in die Berge, damit man ihn auch dort bestaune.

Seht Roberto: Er hat einen abenteuerlichen Kopf, das Profil eines Seefahrers. Er trägt nur ein Unterhemd, in der einen Hand hält er eine Zigarette, in der anderen einen Flachmann, aus dem er trinkt. Dabei singt er. Und hustet.

Dieser Mann hat den großen Wal nicht zur Strecke gebracht, nein, Roberto ist kein Jäger. Auch nicht gezähmt hat er ihn, denn ein Despot ist er schon gar nicht – in die Welt gebracht hat er den Wal. Damit er ihn ernähre. Sein Kapital ist er. – Mit Geschick nimmt er die engen Kurven.

An dem Tag, an dem unsere Geschichte beginnt, wollte Roberto ein kleines Dorf in den Bergen besuchen. Aber dann biß ihn der unsichtbare Engel ins Herz.

Roberto nimmt einen Schluck aus dem Flachmann, er hustet, wirft die Zigarette aus dem Fenster. Seine Hand krallt sich an die Brust – der böse, unsichtbare Engel …

Maria und Carl klettern neben der Brücke über den Fels. Gleich erreichen sie die Straße. Der Lastwagen mit dem Wal gerät über ihnen ins Schlingern. Er rammt das Brückengeländer. Kommt zum Stehen.

Die Hupe ertönt. Gestein fällt in die Tiefe. Maria und Carl ducken sich an die Felswand. Die Hupe dröhnt durch die Schlucht. Ein Vorderrad des Lastwagens sackt ab, und der ganze Zug droht in die Schlucht zu stürzen – auf Maria und Carl!

Robertos Kopf ist auf das Lenkrad gesunken.

Carl reißt die Beifahrertür auf. Maria hebt die Hände an den Mund. Roberto rutscht sanft zur Seite, seine offenen Augen blicken glasig ins Leere.

Er ist tot wie sein Wal.

Eine halbe Stunde später bereits sind der Pfarrer da, der Bürgermeister, die beiden Gendarmen des Dorfes und viele Neugierige. Sie stehen um die Bahre herum, auf der Roberto liegt.

»In nomine patris et filii et spiritus sancti. Amen.« Der Pfarrer legt eine Decke über Robertos Gesicht. »Jetzt sind Sie dran, Bürgermeister!«

»Was sollen wir mit diesem Ding«, sagt der Bürgermeister und weist auf den riesigen Wal, der die Straße versperrt. »Da hat wieder einmal niemand eine Ahnung. Ob er Angehörige hat … oder so … Kann ich mich drum kümmern … um alles … das ist klar … Letztlich eine Tragödie … freilich, letztlich eine Tragödie …«

Carl soll den Lastwagen fahren. Er kann mit Autos umgehen.

Auf dem Trittbrett steht Maria und gibt Anweisungen: »Nicht zu viel Gas, Carl! So, ja … ganz langsam, ganz langsam …« Ein gutes Team, die beiden. Das sagen alle. Aber wartet ab, es wird nicht lange dauern, und die beiden werden wieder ein Thema gefunden haben, über das sich streiten läßt. – Oh, Roberto, wohin bist du geraten, du und dein Kapital …

Der Lastwagen fährt voraus, und alle, die gekommen waren, um zu sehen, folgen dem Wal. Es ist ein Trauerzug, ja.

Bei allem, was noch geschehen wird, muß darauf hingewiesen werden, daß es die beiden Liebenden waren, die so gern miteinander stritten, die den Wal des armen Schaustellers Roberto ins Dorf brachten – sie waren es, Carl und Maria.

Beginnt hier nun die Geschichte? – »Es war einmal ein Liebespaar, das brachte ein seltsames Wesen ins Dorf?« – Oder: »Es war einmal der Unfisch, der besuchte ein Dorf in den Bergen.«

Erzählen wir!

Auf dem Marktplatz des Dorfes warteten Frauen, die hatten Kinder an der Hand. Sie blickten dem Trauerzug entgegen. Ein Lastwagen führte ihn an. Der zog einen riesigen, alten, toten Wal hinter sich her.

Carl stellte den Lastwagen auf dem Marktplatz ab. Die Leute standen da, ruhig und voll Bewunderung für das große, tote Geschöpf. Um den toten Schausteller kümmerte sich niemand.

Nur der Bürgermeister, er war ein verantwortungsbewußter Mann. »Wann setzen wir das Begräbnis an, Herr Pfarrer?«

»Das«, antwortete der Pfarrer, dieser grundzornige Mann, »das ist nicht meines Amtes. Das ist Ihr Problem. Laden Sie nicht Ihre Probleme auf mich.«

»Ja, das ist aber nicht so einfach, man muß zuerst …«

»Herr Bürgermeister, ich mache das nicht zum ersten Mal!«

Warum wird so viel gestritten und widersprochen

in unserem Dorf, dachte der Bürgermeister. Ich streite nicht gern, dachte er, und ich widerspreche nicht gern. Und er sagte sich: Wahrscheinlich bin ich deshalb der Bürgermeister hier.

»So«, wandte er sich an die Bürger, setzte ein breites Lachen auf, »so, den Wal lassen wir jetzt einfach so stehen. Hier, auf unserem Platz. Hat jemand etwas dagegen?«

Da hatte niemand etwas dagegen.

Und dort blieb er, der Wal. Blieb über den Herbst, war noch da, als der Schnee fiel, und war noch da, als der Schnee schmolz. Und blieb bis zu dem bestimmten Sonntag im Frühling – als Carl seine Maria heiraten wollte …

Das war ein Tag für die Kirchenglocken. Die läuteten, schepperten, jubilierten. Riefen die Leute heraus. – Alle waren da.

Alle?

Zum Beispiel dieser gut gekleidete, nämlich städtisch gekleidete Mann, den sah man selten, er wohnte abseits des Dorfes in einem vornehmen Haus – an diesem Kirchenglockensonntag war er da, ja, auch er. Stand bei seinem knallroten Porsche, offenes Verdeck, Autoradio Marke Blaupunkt. Auf dem Vordersitz hockte ein großer, schwarzer Hund, Marke Rottweiler. – Der Mann grinste schief. Dann sagte er das

Wort, sein Wort, das Wort, das er in dieses Dorf gebracht hatte: »Absurd!«

Warum sagte er das? Darum: Es waren nämlich doch nicht alle zu Carls Hochzeit gekommen.

Die Braut zum Beispiel, Maria, sie war nicht da …

Carl saß auf den Stufen vor der Kirche. Er trug einen schwarzen Anzug, eine weiße Blume steckte im Knopfloch. Auf ihn blickten die Leute, verlegen, selten einer schadenfroh, alle waren sie festlich gekleidet. Sein Unglück hob ihre Feierlichkeit.

Ein mißtönender Orgelakkord drang aus dem Innern der Kirche. Da drehten sich die Leute um und gingen. Ein trauriger Sonntag. Und keine Kirchenglocken mehr.

Was war geschehen? Wo war Maria, die Braut?

Carls Mutter, den jüngeren Sohn Wenzel an der Hand, redete auf den sturen Carl ein. »Daß man sich schämen muß!« jammerte sie. »Sie kommt nicht mehr, Carl!« Und sie sagte, daß sie die Maria nie gemocht habe, nie.

»Sie kommt«, sagte Carl. Oh, das war ein sturer Mensch, dieser Carl! Es ist auch die Geschichte von Carls Sturheit, die wir hier erzählen wollen.

Nun trat der Bürgermeister dazu, auch er war festlich gekleidet. Denn Carl und Maria waren ein Paar von Kindheit an, ein schönes Paar. Das Dorf war stolz gewesen. Und hatte fast zwanzig Jahre gewartet auf diese Hochzeit.

»Für mich, Carl«, sagte der Bürgermeister in offiziellem Ton, »für mich bist du der Sieger. Das sagen alle. Aber jetzt mach die Stiege frei. Du blamierst ja nicht nur dich, sondern auch deine Mutter und letztlich die ganze Gemeinde. Was soll dein Bruder denken! Keine zehn Jahre, der Wenzel.«

»Der denkt gar nichts, außerdem ist er dreizehn«, widersprach Wenzel. Ein Rotschopf.

»Warum sind hier alle streitsüchtig und widersprechen immer«, sagte der Bürgermeister.

Die Mutter rang die Hände. Der Mißton aus der Kirche tat weh. Zur Kirche hin rief sie: »Und daß man den Menschen im Unglück auch noch verspotten muß!«

Im Inneren der Kirche, oben auf der Empore, saß der Organist Basil auf den Tasten der Orgel und aß sein Joghurt.

Und unten im Kirchenschiff rollte der Pfarrer den Teppich wieder zusammen, der vor dem Altar ausgebreitet worden war.

»Himmel, Basil«, schrie der Pfarrer. »Nimm den Arsch von der Orgel!«

»Sagt der Maria, daß ich hier warte«, verkündete Carl draußen vor der Kirche. Er hatte vorher kräftig schlukken müssen, sonst wären ihm die Worte etwas schief aus dem Mund gekommen, und das hätte so klingen können, als ob er seufzte oder gar schluchzte. »Bis ich schwarz werde, werde ich hier warten. Hier an dieser Stelle. Das wär' ja noch schöner! Ich werde mich nicht vom Fleck rühren. So. Basta!«

Der Bürgermeister ging nach Hause. Traurig, nachdenklich, feierlich. Aber so fühlte er sich ohnehin meistens. Carls Mutter war bereits gegangen. Nur Wenzel war geblieben. – Wo steckte er denn? Oben auf dem Kirchturm. Von dort hielt er Ausschau nach Maria.

Und der Mann, der gut gekleidete, der manchmal neue Worte ins Dorf brachte? Der – der war schon vor einer Minute abgefahren mit seinem roten Porsche. Sonst hätte er gehört, daß selbst der Herr Bürgermeister von seinem Import Gebrauch machte.

»Absurd«, rief der Bürgermeister über die Schulter zurück zu Carl. »Ja, es ist absurd!«

Und Carl, der Sture, drohte dem Bürgermeister nach: »Dieses Wort ... dieses Wort ist abgeschafft! Verstanden!«

Und so waren Carl und der Wal allein. Ach, die beiden, sie waren nicht in ihrem Element! Wahrhaftig nicht! Aber wartet ab, noch hat die Geschichte gar nicht richtig begonnen!

Ein roter Porsche raste durch die engen Kurven der Rappenlochschlucht, am Steuer saß der gut gekleidete, nämlich städtisch gekleidete Mann, und der kicherte in sich hinein: »Wirklich völlig absurd!«

Neben ihm hockte der Rottweiler auf dem Beifahrersitz. Dieser Hund hieß Ginger. Ein gefährliches Tier. Ein schönes Tier. Und weil dieser Mann seine Hunde so liebte, darum nannte ihn Carl den Hundemann. Eigentlich hieß er Landauer. Carl sprach von ihm nie als dem Herrn Landauer. Carl haßte ihn. Das gefiel dem Herrn Landauer. Weil er dachte, es existiere ein Grund für Carls Haß. Es existierte aber kein Grund dafür. Maria wollte von Herrn Landauer nichts wissen. Gar nichts. Sie ließ sich gern von ihm im Porsche herumfahren. Das schon.

Wenn Herr Landauer mit Maria allein war, drängte es ihn danach, Großes zum Ausdruck zu bringen, aber meistens kam nur Kleines über seine Lippen.

Und als der Herr Landauer – den wir aus Sympathie für Carl den Hundemann nennen –, als der Hundemann aus dem Dorf und durch den Wald fuhr, da sah er vor sich Maria im Hochzeitskleid die Straße hinunterlaufen.

Der Hundemann bremste und gab Ginger Befehl, er solle sich klein machen und auf den schmalen Rücksitz kauern.

Maria ging, ohne sich umzudrehen, die Straße weiter. Sie machte große Schritte und hob das Hochzeitskleid beim Gehen etwas hoch. Das sah burschikos, aber ganz und gar reizend aus. Fand der Hundemann. Warum dreht sie sich nicht nach mir um, dachte er. Er stieg aus und schloß zu ihr auf.

»Ich bin auf deiner Seite«, sagte er. »Ich bin stolz auf dich, Maria. Ich bin nicht gekommen, um dich zu ihm zurückzubringen. Das verspreche ich dir. Ich finde das großartig von dir, Maria.«

Ohne ihn anzusehen, fragte Maria: »Was finden Sie großartig?«

»Daß du so konsequent bist … ja … daß du am Tag deiner Hochzeit … so einfach …« Und fügte mit einer weit ausholenden Geste hinzu: »Das ist Leben! Das finde ich großartig!«

»Jedenfalls ein Aufwand ist es.« Damit blieb Maria stehen. Aber den Hundemann ansehen, nein, das tat sie immer noch nicht.

Auf der Brücke über die Rappenlochschlucht standen sich der Hundemann und Maria gegenüber.

Der Hundemann trat ganz nahe an sie heran, und nahm sie bei den Händen. »Und alle Vorschläge, die ich dir gemacht habe … die übrigens deine Eltern sehr gutheißen … du weißt, was ich meine …«

Maria wußte nicht gleich, was er meinte. Dann fiel es ihr ein, und sie fand diese Vorschläge lächerlich. Sagte aber nichts.

»Sie sind nach wie vor aufrecht«, sagte der Hundemann, hatte ein melancholisches Timbre in die Stimme gelegt. Denn er meinte, dies sei ein Talent, das ihm die Natur gegeben hatte.

Nützte nichts. Maria war kühl. »Fahren Sie mich wieder zurück. Bitte.«

»Was?«

»Es gehört sich nicht, daß er oben wartet …«

»Weißt du nicht mehr, was ich dir für … Vorschläge gemacht habe?«

»Ungefähr weiß ich es noch … Ungefähr.«

»Aber solche Vorschläge weiß man doch … und nicht nur ungefähr …«

»Ich weiß sie eben nur ungefähr.«

»Soll ich die Vorschläge wiederholen?«

»Es war doch, soweit ich mich erinnere, nur ein Vorschlag.«

Da blickt der Hundemann vor sich nieder: »Ein gemeinsames Leben«, sagt er, und es klang so schüchtern, so hilflos, daß wir ihn beinahe mögen.

Aber nur beinahe.

Denn plötzlich packte der Hundemann Marias Arm und riß sie an sich. Maria wehrte sich, wollte ihn wegstoßen, doch er krallte sich an ihrem Hochzeitskleid fest.

»Ich bin verrückt nach dir!« sagte er. Hatte vergessen, Wirkung in seine Stimme zu legen. So blieb seine Stimme wirkungslos. Und da lag ihm nichts mehr an großen Worten. »Ich will dich haben, verdammtnochmal!«

Er riß ihr den Schleier vom Kopf, und der segelte in die Schlucht und blieb an einem Ast hängen.

Der Hundemann wollte Maria schlagen, und Ginger, der Hund, bellte. Aber er rührte sich nicht vom Rücksitz, denn es war ihm ja befohlen worden, dort klein zu sein und zu kauern.

»Sie sind mir absolut widerlich!« fuhr ihn Maria an. »Sie stinken nach Hund. Ich hasse das! Was bilden Sie sich denn ein! Sie können dem Carl nicht einmal ... das ist absurd, absurd, absurd! Er steckt Sie in die Tasche, mit links!«

Da sanken dem Hundemann die Arme nieder, er starrte Maria an. »Oh, du dreckiges Stück«, sagte er, ganz langsam sprach er. »Der lausigste Köter ist mehr wert als du! Und ich wünsch' mir, daß du ein Köter wärst, dann würde ich dich mit Fußtritten verjagen!«

Er holte aus und wollte ihr eine herunterhauen.

Da ertönte das Horn des Postbusses. Der kam gerade um die Kehre gefahren.

Maria lief davon, so schnell sie konnte, mit ausgebreiteten Armen lief sie auf den Bus zu. Denn sie fürchtete sich vor dem Hundemann, und sie dachte, der Carl hat recht gehabt, ich will ihn von nun an auch nur den Hundemann nennen. Und dachte sich: Nach Hause will ich nie wieder.

»Was ist denn los?« fragte der Busfahrer.

»Fahr mich in die Stadt«, rief Maria und war schon eingestiegen. »Brauchst nicht bis ins Dorf zu fahren. Kehr gleich hier um.«

»Du hast Vorstellungen, Maria«, sagte der Busfahrer. Er sah den Hundemann durch die Windschutzscheibe und dachte, ich kann sie nicht allein mit dem da lassen. Er kannte den Herrn Landauer und hatte ihm nie etwas Böses zugetraut, aber als er jetzt sein Gesicht sah, traute er ihm etwas Böses zu.

»Ist das hier nur Brautentführen oder mehr? Ist es mehr?«

»Will eh keiner in die Stadt hinunter«, sagte Maria. »Sind alle bei meiner Hochzeit.«

»Aber jemand will hinauf zu euch.«

Hinten im Bus saß eine Frau.

Die Frau hatte das Gespräch mitgehört, sie kam lächelnd nach vorne. »Einer Braut soll man nicht widersprechen«, sagte sie.

»Sie kommt aus Berlin«, sagte der Fahrer leise zu Maria. »Glaub' ich jedenfalls …«

»Ich steig' hier aus«, sagte die fremde Frau, »und geh' zu Fuß weiter.«

Schon war sie mit ihrem Koffer aus dem Bus gestiegen.

»Ist aber weit«, brummte der Busfahrer, kurbelte aber schon das Lenkrad herum. Die Maria, dachte er, ist mir erstens näher, weil sie von hier ist, zweitens tut ihr die Anwesenheit des Herrn Landauer da draußen sicher weniger gut als der Fremden, bei der es mir eh wurscht ist, wie ihr die Anwesenheit des Herrn Landauer tut. So dachte der Busfahrer. – Wir berichten nur deshalb so ausführlich von seinen Gedanken, weil er in der weiteren Geschichte nicht mehr vorkommt …

Die fremde Frau stand nun da mit ihrem Koffer und schaute zu, wie der Bus abfuhr. Dann warf sie einen Blick nach hinten zum Hundemann.

Der nickte ihr einen grinsenden Gruß zu. Einigermaßen hatte er sein Oberstübchen schon wieder eingerichtet.

»Dann fahren eben Sie mich ins Dorf«, sagte die Frau.

»O ja, gern. Wenn Sie sich nicht vor meinem Hund fürchten?«

»Im Gegenteil.«

Ginger duckte sich noch tiefer auf den Rücksitz. Der Hundemann zog die Brauen hoch, was so viel hieß wie: Daraus kann sich etwas entwickeln, was meine Wunde kühlt. Konnte aber auch etwas anders bedeuten. Sicher weiß man das nicht. Er stellte den Koffer der Frau neben den Hund auf den Rücksitz. Dann fuhr er ab.

So fuhren sie eine Weile. Wortlos.

Ohne den Hundemann anzusehen, sagte die Frau: »Sie schauen mich an und wissen nicht, was Sie sagen sollen.« Und bevor er etwas antworten konnte: »Sie wollen mir sagen, wie Sie heißen, damit ich Ihnen sage, wie ich heiße. Ich heiße Sophie Moor.« Sie lächelte ihn an. Der Hundemann war begeistert.

Wenzel – wir haben es nicht vergessen, er ist Carls kleiner Bruder – blickte aus dem Kirchturmfenster. Mit einem Feldstecher beobachtete er die Straße, die zum Dorf führte. Er sah den Porsche des Hundemannes, der sich auf der Straße dem Dorf näherte.

»He, Carl!«, rief er aufgeregt. »Der Landauer kommt! Er bringt sie!«

Carl saß auf der Stiege, stur und unversöhnlich, wie er versprochen hatte.

»Wenzel! Ich brauche keinen Spion. Wenn sie mit dem Hundemann kommt, kann sie gleich umdrehen. Ich sag' Hundemann, solang ich will!« Und fügte, sich selber zum Trost, hinzu: »Und ich weiß, es wird die Zeit kommen, da wird auch sie Hundemann sagen.«

Aus den Fenstern der Häuser schauten die Bürger, heimlich, betroffen, schüttelten die Köpfe, faßten sich an den Händen, hofften, es werde keine Katastrophe daraus, hofften aber auch, es werde eine daraus.

Aus der Kirche hinter Carl trat der Pfarrer. »Ich hab's ganz mit dir, Carl. Ich bin auf deiner Seite.«

»Halt's Maul! Verzeihung Hochwürden … Ich wußte nicht … Verzeihung …«

»Pfui! Alle pfui! Du auch pfui!« schimpfte der Pfarrer, und ab war er wieder.

»Es ist nicht Maria«, rief Wenzel von seinem Aussichtsposten herunter. »Es ist eine andere. Aber auch nicht schlecht.«

Wer war diese fremde Frau, die vom Hundemann ins Dorf gebracht wurde?

Sophie Moor zeigte dem Hundemann den Brief, den sie vom Bürgermeister bekommen hatte. Sie war nämlich die Nichte des unglückseligen Schaustellers Roberto. Und sie war von weit her gereist.

»Oh«, sagte der Hundemann, »tut mir leid. Ich war gar nicht hier, als das Unglück geschah. Sie wissen also noch gar nicht, was für ein Erbe auf Sie wartet?«

Nein, Sophie Moor wußte es nicht …

Der Porsche fuhr auf den Marktplatz, umkreiste den riesigen, alten, unnützen Wal, der nun dem Staat keine Einkommenssteuer mehr brachte, und blieb vor seinem Maul stehen.

»Das ist Ihr Erbe«, sagte der Hundemann. Tat stolz, der Mann, als hätte er höchstpersönlich die Walfische dieser Welt erfunden.

»Das darf ja wohl nicht wahr sein!« rief Sophie.

Sie stieg auf den Anhänger, legte ihre Hand an die tote Haut des Tieres.

»Ja. Der gehört jetzt Ihnen«, sagte der Hundemann. Tat immer noch stolz.

Hinter den Maulfäden des Wals war eine Tür eingelassen. Die Tür war abgesperrt.

Sophie Moor hörte den Hundemann hinter sich sagen: »Vielleicht sieht man sich wieder! Den Schlüssel zu Ihrem Erbe hat übrigens der Bürgermeister.«

Dann fuhr er ab. Als er bei Carl, dem Sturen, vorbeifuhr, grüßte er lässig, spöttisch, schadenfroh.

Sophie Moor konnte sich nicht satt sehen an diesem Tier. Dann aber drehte sie sich um und sah Carl.

Und auch Carl schaute zu ihr hinüber. Eine Weile behielten sie sich im Auge. Dann wich sie seinem Blick aus. Und er ihrem.

Sophie Moor holte tief Luft und ging ins Haus des Bürgermeisters, um ihm den Brief zu zeigen …

Es wird wohl in Zukunft nur ein Denkmal hier geben, nämlich den versetzten Bräutigam vor der Kirchentür. Denn der Walfisch – meine Güte, was soll eine junge Frau mit so einem Monstrum anfangen? Und trotz aller poetischen Schönheit, was kann letztlich ein Dorf wie dieses damit anfangen! Sagte der Bürgermeister.

So ungefähr redete er mit der jungen, hübschen, fremden Frau, die Sophie Moor hieß, und die ihm gefiel. Ihm gefiel sie auch, ja. Er bot ihr Platz in seinem Büro an. An Feiertagen war das Büro auch Wohnzimmer. Denn der Bürgermeister wohnte zusammen mit seiner Frau, kinderlos, im Gemeindeamt. Das war so praktisch.

»Die Entproblematisierung dieser Merkwürdigkeit«, sagte er weiter, »soll ganz unsere Sorge sein. Letzten Endes ist dieser Riesenfisch ja eine Merkwürdigkeit. Und für den LKW hat sich bereits glaubhaft unser Holzhändler interessiert ...«

»Dann möchte ich gern Onkel Robertos Grab besuchen«, sagte Sophie, »und für eine Nacht werde ich wohl hierbleiben.«

»Ich muß Ihnen das Gasthaus zum Adler empfehlen. Es ist das beste Gasthaus am Platz ... und letztlich auch das einzige.«

Der Bürgermeister hatte irgendwann irgendwo gelesen, daß Charme zuvorderst etwas mit Witz zu tun hatte.

»O Gott!« rief Sophie aus. »Jetzt hab' ich meinen Koffer liegen lassen! Auch das noch! Er hat mir seinen Namen nicht gesagt ... Oder schon ... Ich hab' ihn vergessen ...«

»Weiß schon«, sagte der Bürgermeister, hielt dabei kennerisch die Augen geschlossen. »Weiß schon, weiß schon. Roter Porsche ... Landauer ... Soll alles meine Sorge sein.«

Er griff zum Telephon, nickte Sophie beruhigend, gütig, väterlich zu. Ein paar kleine, wahrscheinlich völlig unbrauchbare Hoffnungen machte er sich wohl schon bei dieser Dame.

Und dann sprach er dem Hundemann aufs Tonband. Denn der hatte so etwas. »Herr Landauer«, sagte er, »hier spricht der Bürgermeister. Folgendes: Frau ... Fräulein ... Sophie Moor ist bei mir ...«

Landauer, der Hundemann, der sich schlau vorkam in diesem Augenblick, hörte den Bürgermeister auf das Tonband sprechen. Hörte, wie er sagte: »Folgendes Malheur ... der Koffer der Dame, er ist in Ihrem Wagen ... Dort muß er sein. Wenn Sie vielleicht, Herr Landauer, den Koffer bei mir abgeben ... vorbeibringen ... oder anrufen, daß ihn jemand holen kommt ... Aber daß wir vielleicht vorher noch telephonieren, bitte, Herr Landauer, damit Sie die Hunde in den Zwinger tun ...«

Der Koffer? Sophie Moors Koffer? Neben dem Hundemann stand er. Ein Pfand. Sehr schlau von mir, dachte der Hundemann ...

Sophie erhob sich von des Bürgermeisters Amtsstuhl. »Das ist freundlich von Ihnen.«

»Letztlich ist das selbstverständlich«, schmeichelte er. »Sollte sich sonst noch irgend eine Schwierigkeit ergeben ...« Er gab Sophie einen Schlüssel und drückte ihr die Hand. Länger als nötig.

Die Frau des Bürgermeisters schaute zur Tür herein, maß Sophie Moor von Kopf bis Fuß.

»Meine Frau«, sagte der Bürgermeister.

Sollte sich irgendeine Schwierigkeit ergeben, wiederholte er, nun mehr an seine Frau gerichtet als an

Sophie, dann solle sich Frau oder Fräulein Moor umgehend bei ihm melden, denn er sei hier schließlich der Letztverantwortliche, und er stünde ihr jederzeit zur Verfügung. Und: Sie sollte sich nicht durch die sture Anwesenheit jenes jungen Mannes dort vor der Kirche irritieren lassen. Das sei eine lange und letztlich ganz andere Geschichte.

»Ich werde nur zu Onkel Robertos Grab gehen und dann vielleicht noch etwas essen«, sagte Sophie.

»Drittes gleich rechts neben Glatschnig«, sagte der Bürgermeister.

»Bitte?«

»Das Grab.«

Und damit ging der Bürgermeister zu seiner Frau, und die zuckte mit der Schulter, und er zuckte auch mit der Schulter, sie zuckten beide mit der Schulter, taten das eine ganze Weile so. Was hätten sie sonst tun sollen …

Sophie ging über den Platz, schritt über die Kirchenstiege hinauf zum Friedhof, eng an Carl vorbei.

Sie sahen sich nicht an. Sie waren verlegen.

Gleich drehe ich mich nach ihr um, dachte er. In einer Sekunde. Und sie dachte dasselbe. Und dann drehten sie sich nach einer Sekunde um, und ihre Blikke trafen sich, und sie waren noch mehr verlegen.

Als Sophie vor Robertos Grab stand, konnte sie auf Carls Haarschopf blicken. Wenn sie den Kopf ein wenig zur Seite neigte, konnte sie ihn sehen. Sie neigte den Kopf ein wenig zur Seite …

Carl dachte: Was ist das für eine? Er rief sich zu seiner schmerzhaften Ordnung: An Maria muß ich denken, befahl er sich. An Maria, die mich verlassen hat.

Marias Eltern gingen zu eben dieser Zeit auf das Haus des Hundemannes zu. Sie hörten lautes Hundegebell. Sie wußten, daß die Tiere in ihren Zwingern waren. Um die Hunde des Herrn Landauer machten sie sich im Augenblick wenig Sorgen.

»Ginger! Cayenne! Curry! Aus! Aus!« rief der Hundemann. Er kam Marias Eltern entgegen.

»Wir sind wegen der Maria da«, sagte Frau Johler.

»Ja. Es ist alles sehr bedauerlich«, sagte der Hundemann. »Armer Carl.«

»Wir wissen nicht, wo Maria ist«, sagte Herr Johler.

»Wir dachten eigentlich alle, sie ist zu Hause, bei Ihnen«, tat der Hundemann überrascht.

»Wir sind ja mit ihr zur Kirche gegangen … Dann sagt sie, sie will noch etwas schauen …«

»… oder so ähnlich«, sagte Herr Johler. »Ich hab's ja gar nicht richtig mitbekommen …«

»Wegen der Schminke wollte sie etwas schauen«, sagte Frau Johler. Ihr Gesicht war besorgt. »Und seither ist sie verschwunden.«

Der Hundemann sagte: »Und sie glauben, es ist ihr etwas passiert?«

Da erschrak Frau Johler. »Nein. Das haben wir eigentlich nicht geglaubt … mein Gott …«

»Bei Ihnen … bei Ihnen ist sie, haben wir geglaubt«, sagte Herr Johler.

Hinausschmeißen sollte ich sie samt ihrer Brut, dachte Herr Landauer. Jeden Augenblick kann die fremde Dame kommen, um ihren Koffer abzuholen, den sie angeblich in meinem roten Porsche vergessen hat, das raffinierte Stück.

In Sophie Moors Gedanken kam der Herr Landauer gar nicht vor. Und auch ihr Onkel Roberto, der auf dem Friedhof im steinigen Boden steckte, spielte darin nur eine Nebenrolle. Sie blickte zu dem merkwürdigen Mann hinunter, der da auf der Kirchentreppe saß.

Carl hingegen hätte sich am liebsten den Finger abgeschnitten vor Wut und Gram. Dann hätte Maria gesehen, was sie angerichtet hatte …

Maria …

Maria war in der Stadt. Aber das war längst nicht die Stadt, in die sie so gern hätte fahren wollen. Es war eine kleine Stadt, nicht weit von ihrem Dorf entfernt. Was tue ich hier, dachte sie.

Sie hatte Hunger.

Maria war sich immer sicher gewesen, daß sie die große weite Welt liebte. Wer weiß, vielleicht begann diese Welt bereits beim Busbahnhof der nächstbesten kleinen Stadt. Aber wahrscheinlich war das nicht …

Sie faßte Mut. – Jetzt hinaus in die Welt, sagte sie sich. Sie sagte es halblaut vor sich hin, und das war gut, denn so halblaut vor sich hingesagt, klang dieser Satz besonders schön, und doch nicht ganz so ernst und wichtig und wahr, wie wenn man ihn nur gedacht hätte.

»Jetzt hinaus in die Welt …«

Das Hochzeitskleid störte sie.

»Haben Sie eine Schere?« fragte sie den Mann, der bei dem Wurststand arbeitete.

»Schere?« Er gab ihr eine.

Sie schnitt ihr Hochzeitskleid unten ab. Jetzt war es nur mehr knielang. Sah fast wie ein normales Kleid aus.

Maria war verliebt in das unberechenbar Augenblickliche. Sie fühlte sich mächtig und erhaben, und das Beste daran war, so zu tun, als wäre es das Alltäglichste von der Welt.

»Ist bequemer so«, sagte sie. »Wer lädt mich ein?«

Die Männer lachten, hielten ihr Bierdosen und Semmeln hin.

Carl saß immer noch auf der Kirchentreppe. Ja, was denn sonst! Wir sagten doch, daß er ein Sturer ist. Der verläßt seinen Platz nicht! Der nicht! Er kaute ein Wurstbrot, nahm einen Schluck Wasser.

Wenzel, sein kleiner Bruder und großer Verbündeter, hatte ihm Verpflegung gebracht. »Mußt ja nicht auch noch verhungern«, hatte Wenzel gesagt.

Carl blickte hinüber zum Wal und sah Sophie Moor, die sich an der Eingangstür zum Wal zu schaffen machte. Es sah aus, als würde sie die Tür nicht aufkriegen.

»Kann ich Ihnen helfen?« Carl hatte also doch seinen Platz verlassen. Da haben wir zuviel versprochen.

Sophie hatte es gar nicht bemerkt.

»Wollen Sie?« fragte er kauend, bot ihr sein Wurstbrot an und die Wasserflasche.

»Gern. Danke.« Sie aß und trank.

Carl besah sich das Türschloß im Maul des Wals. Er ging dabei sehr ruhig vor.

»Darf ich?« Er zog eine Spange aus Sophies aufgestecktem Haar. Die Haare fielen ihr auf die Schulter.

»Darf ich?« Er prüfte die Spange, verbog sie, probierte sie im Schloß, verbog sie noch einmal, sperrte schließlich die Tür auf. »Ist besser als ein Schlüssel, wenn das Schloß rostig ist«, sagte er.

Sie betraten das Innere des Wals.

Im Bauch des Wals war es finster, und Carl zündete ein Streichholz an. In der Flamme wurden undeutlich einige Dinge sichtbar. Erst war da einmal das riesige Maul des Wals. Sophie und Carl standen auf seiner Unterlippe. Dann waren hier Schläuche, die wohl

Adern darstellen sollten, eine Glaskugel, gefüllt mit Flüssigkeit, in der die Walaugen schwammen. Aber auch ein Klapptisch stand da, ein schmales Bett, ein Schrank … – Das Streichholz erlosch.

Carl zündete ein neues Hölzchen an.

Sie machten einen Schritt nach vorne in das Maul des Wals. Da setzte ein Feuerwerk von Lichtern ein. Überall blinkte und glitzerte es. Über dem Bett hing ein riesiges Walherz, das pumpte rotleuchtendes Blut. Ein gigantischer Lungenflügel saugte und blies Luft an und aus.

»Da müssen irgendwo Schalter sein«, sagte Carl.

Im schwachen Schein des Zündholzes suchten die beiden die Wände ab. Sophie fand das Schaltbrett. Sie kippte einen Hebel um.

Über einen Lautsprecher ertönte Meeresbrandung, Walgesang und dann die Stimme von Roberto: »Der Wal! Welch urzeitliches Ungetüm! Er ist das größte Lebewesen auf unserer Erde. Ich möchte Ihnen nur ein Beispiel geben. Ein erwachsener Wal ist in der Lage, mehr als …«

Es war ihr unheimlich, ihren Onkel sprechen zu hören. Noch war es ihr unheimlich. Sie schaltete ab.

Und wenn der Wal tot ist, so hätte Robertos Stimme über Tonband vielleicht weitergesprochen, wenn der Wal tot ist, kann ein Mensch in seinem Bauch Tisch und Bett aufstellen, kann sich wärmen und kann sich trösten …

»Oh nein«, sagte Sophie, »das darf man doch nicht entproblematisieren. Das gehört alles mir! Verstehen Sie! Ist es nicht wunderbar?«

Es war wunderbar, und für einen Augenblick vergaß Carl seinen großen und würdigen Schmerz, und er lachte. Und er hatte sich doch vorgenommen, nicht mehr zu lachen – zu allem anderen, was er sich sonst noch vorgenommen hatte.

Und dann sagte Sophie: »Und Sie?«

»Ich?«

»Was ist mit Ihnen? Warum sitzen Sie vor der Kirche? Ich beobachte Sie schon den ganzen Nachmittag.«

Carl holte tief Luft. Sie setzten sich nebeneinander auf das Bett.

»Ja, also«, sagte er.

Nun war Carl an der Reihe zu erzählen. Und er erzählte. Er erzählte von sich und Maria, die immer das Gegenteil tat von dem, was er tat …

»Und ich habe wahrscheinlich auch immer das Gegenteil von dem getan, was sie tat«, sagte er.

»Warum sprechen Sie in der Vergangenheit?« sagte Sophie Moor. »Es muß doch nicht sein, daß nun alles vorbei ist. Erzählen Sie weiter!«

Carl schüttete sein Herz aus, alles erzählte er der fremden Frau, die ihm in dieser Stunde näher war als jeder hier im Dorf. Denn sie hörte ihm zu.

Und dann küßten sich der Mann und die Frau im Bauch des Wals.

Das schien dem alten, vertrockneten Wal zu gefallen. Er ließ sein Herz leuchten. Aber weil sie beide die Augen geschlossen hatten, bemerkten sie es nicht.

»Das war eine schöne Geschichte«, sagte Sophie.

Sie strich mit der Hand über Carls Wange. Da leuchtete das Herz des Wals wieder auf. Diesmal hatten es beide gesehen.

»Haben Sie einen Knopf gedrückt?«

»Nein«, sagte Sophie.

Nun strich Carl mit dem Handrücken über Sophies Wange. Und wieder leuchtete das Walherz auf.

»Da gibt's irgendwo einen Kontakt«, sagte Carl, räusperte sich. »Vielleicht in die Bank eingebaut.«

Sie standen auf. Carl streichelte Sophie, und wieder leuchtete das Herz auf.

Sophie berührte seine Lippen. Das Herz gab sein leuchtendes Zeichen.

»Verstehen Sie das?«

Sophie küßte Carl auf den Mund. Sie umarmten sich unter dem blutroten Feuer.

Ja, es war ein wunderbares Tier, in dessen Bauch sich die beiden liebten …

Unterdessen ging Maria durch die Straßen der abendlichen Stadt. Plötzlich wurde ihr schwindlig. Warum? Weil sie an Carl dachte? Wo war er? Was tat er?

Hieß das, Carl hatte Maria, seine Braut, vergessen? Daß sie nicht nur aus seinen Augen, sondern auch aus seinem Sinn entschwunden war? Arme Maria!

»Ist Ihnen nicht gut?« Ein Mann stand vor Maria, blickte besorgt in ihr blasses Gesicht.

»Ich weiß nicht … Ich will heim!«

»Warten Sie!« Der Mann lief zu dem Brunnen bei der Kreuzung, machte ein Taschentuch naß.

Carl und Sophie liebten sich. Sie lagen auf dem schmalen Bett, auf dem der Schausteller ein Leben lang gelegen hatte. Sie liebten sich. – Aber vergessen hatte Carl seine Maria nicht, o nein!

Als dieser hilfsbereite Mann mit seinem Taschentuch zurückkam, war Maria nicht mehr da.

Was war geschehen?

Aus ihrem Taumel öffnete sie die Augen. Sie stand auf dem Marktplatz ihres Dorfes. Vor dem Wal stand sie …

Sophie sah über sich das Herz des Wals.

Carl zog seinen Anzug an, der ja sein Hochzeitsanzug war.

Langsam erhob sie sich vom Bett und blickte durch das kleine Fensterchen hinaus auf den Marktplatz.

»Da«, sagte sie. »Schau!«

Und da sah Carl Maria stehen.

Und er wollte gleich hinaus zu ihr, die ja seine Braut war, hinauslaufen wollte er und sie umarmen. Sophie sah in seinen Augen diesen Blitz von Glück, der gleich erlöschen würde, das wußte sie.

»Du hast dir gewünscht, daß sie zurückkommt«, sagte sie. »Ich weiß es, Carl.« Sie wußte es natürlich nicht. Wissen konnte sie es nicht …

Carl machte sich los und lief hinaus zu Maria.

Sophie sah, wie sich Maria und Carl gegenüberstanden. Dann umarmten sich die beiden. Sie sah es …

Was war geschehen? Ein Wunder war geschehen.

Sophie wußte gar nichts mehr. Und was sie empfand, war widersinnig und gegen jede Vernunft. Einen Augenblick lang hatte sie geglaubt, sie sei verliebt in diesen jungen, sturen Bräutigam. Unter anderen Umständen wäre sie empört gewesen über sein Verhalten. Aber irgend etwas war geschehen – mit ihr, mit dem jungen Mann und mit dem Tier, in dessen Bauch sie sich geliebt hatten. Die Umstände waren alles andere als normal.

Sophie strich sich mit der Hand über die Wangen. Das Herz des Wals blieb dunkel und kalt. Ein Wunder ist geschehen, sagte sie sich und wunderte sich, daß sie, die ein Leben lang nie über Wunder nachgedacht hatte, mit solcher Sicherheit einen solchen Gedanken denken konnte. Sein Wunsch ist erfüllt worden, sagte sie sich. Sie schauderte. Ich, sagte sie sich nämlich, ich habe ihm seinen Wunsch erfüllt. Ich. Ich … – Sie wußte es. Sie wußte es, aber sie glaubte es nicht.

Carl und Maria gingen über das Feld. Er wollte sie zu sich nach Hause nehmen – so, als wäre Hochzeit gewesen, als wäre sie nun seine Frau.

»Irgend etwas ist geschehen mit mir«, sagte Maria, »und ich weiß nicht, was … Warum bin ich auf einmal hier, Carl?«

Hört, was die Liebenden sagen … Begann mit diesem Ton nicht jedesmal ein Streit?

»Wäre die erste Frage nicht«, sagte Carl, »wäre die erste Frage nicht, warum du überhaupt weggegangen bist? Oder besser: Warum du nicht gekommen bist?«

Und Maria nahm den Ton auf. »Ich bin hier und weiß nicht, warum ich hier bin, Carl. Weil ich nämlich nicht freiwillig hier bin. Verstehst du das, oder verstehst du das nicht?!«

»Nein! Kein Mensch versteht das! Das ist völlig absurd!«

»Das hast du gesagt.«

»Daher weht also der Wind!« trumpfte Carl auf.

»Und woher weht dein Wind, bitte?« konterte Maria.

Wie sollte den beiden denn noch geholfen werden, wenn nicht einmal ein Wunder es vermochte!

In dem bescheidenen Büro in Berlin, in dem Frau Moor voll Würde ihrer Arbeit nachging, dort glaubte niemand an Wunder. Was würde man dort sagen? Wunder, würde man fragen, Wunder? Kannst du das beweisen? – Beweisen … Wie denn?

Es klopfte an der Tür.

Sophie erschrak, wußte zuerst nicht, was sie tun sollte. Sie war noch nicht angezogen. »Einen Augenblick!« Sie öffnete den Schrank, den bunt bemalten, wühlte darin herum, nahm einen Schaustellermantel heraus, zog ihn sich über und öffnete die Tür.

Der Hundemann stand draußen. Er hatte Blumen in der einen, Sophies Koffer in der anderen Hand.

»Unverantwortlich spät komme ich«, sagte er. »Unverantwortlich ist, daß ich Ihren Koffer mitgenommen habe … Alles im Grunde unverantwortlich. Und dennoch hoffe ich, Sie verzeihen …«

Er machte eine Verbeugung, reichte ihr die Blumen, Rosen mit Nelken gemischt. Merkwürdig, dachte sie.

Mit ihm hatte sie nicht gerechnet, an ihn hatte sie gar nicht mehr gedacht. Und auch an ihren Koffer nicht. Und der Mann kam ihr ganz ungelegen …

Aber dann dachte sie, vielleicht kommt er doch nicht so ungelegen.

Sophie schaute ihn lange und prüfend an.

»Ist etwas mit mir?« fragte er. »Sie schauen mich so lange und prüfend an.«

»Ich weiß, warum Sie gekommen sind«, unterbrach sie ihn. »Sie wollen mit mir ins Bett gehen.«

Der Hundemann setzte sich. »Oh … vielleicht will ich das. Aber so direkt hätte ich es nicht gesagt …«

Sie unterbrach ihn wieder. »Ich werde schon morgen von hier weg sein, also lohnt es sich nicht, um den heißen Brei herumzureden.«

Daß ein Wunder geschieht, wenn hier einer mit mir schläft, dachte sie, absurd! Aber dann: Man müßte das Wunder testen!

»Ich werde mit Ihnen ins Bett gehen«, sagte Sophie zu Herrn Landauer, den wir von nun an nicht mehr nur stur den Hundemann nennen wollen. »Unter einer Bedingung werd' ich mit Ihnen ins Bett gehen …«

Wie Raufhähne standen sich Maria und Carl auf der Wiese gegenüber.

»Erst sag mir, was du im Wal gemacht hast«, fauchte Maria. »Dann sag' ich dir, wo ich war.«

»Oh nein! Umgekehrt wird ein Schuh draus! Erst sagst du mir, wo du warst und bei wem!«

»Was willst du mit ›bei wem‹ sagen?«

»Was soll ich mit ›bei wem‹ sagen wollen? Soll das heißen, daß ich eigentlich wissen müßte, bei wem du warst?«

»Ich hingegen habe ja deutlich gesehen, bei wem du warst!«

»Ach was!«

»Ach was!«

Und so gingen sie auseinander. Stampften mit den Füßen in das Gras. Maria ging zurück zum Dorf, Carl hinauf zum Wald.

Am Schluß rief ihr Carl nach: »Ich werd' ihn selber fragen, den Herrn!«

Und Maria rief zum Schluß zurück: »Ich werd' sie selber fragen, die Dame!«

Im Wal trieben es der Hundemann und Sophie miteinander.

Sie tat es um eines wissenschaftlichen Beweises willen. Darum, während er mit den Hüften auf sie einschlug, sagte sie immer wieder: »Sie müssen sich etwas wünschen!«

»Dich wünsch' ich mir!«

»Mich kriegen Sie nicht!«

»Alles krieg' ich, was ich will.«

»Sie müssen sich etwas wünschen, was ich sehen kann. Wünschen Sie sich Geld. Ein Büschel Geld in der rechten Hand!« Und sie hielt seine rechte Hand fest und starrte darauf.

Da wurde die Tür aufgestoßen. – Gut, wenn die Wünsche des Menschen verborgen bleiben …

Maria stand nämlich in der Tür. Im selben Augenblick aber brachte der Hundemann das Herz des Wals zum Leuchten. – Und in seiner rechten Hand waren keine Banknoten …

Böse, wenn die Wünsche des Menschen plötzlich vor ihm stehen. Denn an derselben Stelle, wo Maria gestanden war, war nun eine Hündin.

»Gehört der dir?« Die Stimme des Herrn Landauer überschlug sich. Was er gesehen hatte, glaubte er nicht, kein Mensch durfte so etwas glauben. »Ich warne dich! Was sind das für Schaustellertricks! Ich warne dich! Ich kenne mich mit Hunden aus.«

Er fuhr in seine Hosen, fixierte den Hund. Das hatte er heraus, mit Blicken über Hunde zu herrschen. Das hielt er sich zugute. Damit hatte er immer angegeben, der saubere Herr Hundemann. »Keine Bewegung, du! Sag ihm, er soll parieren. Wenn er muckst, schlag' ich ihm die Nase ins Hirn!« – Wir nennen ihn doch lieber wieder nur den Hundemann.

Sophie brachte kein Wort heraus. Der Hundemann zwängte sich an dem neu erstandenen Hund vorbei, der eine Hündin war, lief aus dem Wal, stieg in seinen Porsche. Ab mit ihm …

»So etwas wünschen Sie sich?« rief ihm Sophie nach. »O Gott, verdammt! Was mach' ich denn jetzt!«

Dann standen sie sich gegenüber: Sophie, die nun eine Zauberin war, und Maria, die nun eine Verzauberte war.

»Das sind Sie?« fragte Sophie.

Sie wollte die Hand nach der Hündin ausstrecken. Aber sie tat es dann doch nicht.

»Ich habe Angst vor Hunden«, sagte sie. »Wenn Sie in Wahrheit kein Hund sind, dann werden Sie mir doch auch keine Angst machen?«

Die Hündin bellte. Nicht laut. Dann bellte sie noch einmal. Mit noch weniger Stimme. Und ein drittes Mal. Kaum zu hören war das. Dann drehte die Hündin den Kopf beiseite.

»Wollen Sie mich nicht ansehen?« fragte Sophie. Es kam ihr ungeschickt und lächerlich vor, daß sie einen Hund mit Sie ansprach. Sie wird es als Verspottung deuten, dachte sie. »Ist es Ihnen lieber, wenn ich Sie mit Du anspreche«, fragte sie. »Bei einem Menschen ist es höflich, wenn man ihn mit Sie anspricht, aber bei einem Hund könnte das Mißverständnisse auslösen.«

Nur ein dünnes Winseln war zu hören.

Nun wandte auch Sophie ihr Gesicht ab. »Ich krieg' das schon wieder hin, du«, sagte sie. »Komm!«

Sie wollte die Hündin streicheln. Aber sie tat es dann doch wieder nicht.

Zeig deine neue Stimme, Maria! Laß sie hören! Zeig, daß du bist, was du bist! Nun bellte sie laut, die Hündin. Bellte, daß Sophie erschrak.

»Was ist denn?«

Und war schon aus dem Wal und herunter vom Lastwagen. So behende sprang Maria in ihrem neuen fleischlichen Gewand über den Platz, daß man meinen konnte, sie springe in ihr neues Leben hinein mit Lust und Neugier.

Aber dann, als sie den Platz gerade zur Hälfte überquert hatte, hielt sie inne. Sie senkte ihren Hundekopf und trottete auf die Kirche zu. Und auf den Kirchenstufen ließ sie sich nieder, gerade dort, wo Carl den halben Tag gesessen hatte. Der Mond schien auf sie und spiegelte sich in ihren Augen.

Sophie zog sich rasch an. Kein nutzloses Grübeln jetzt, dachte sie. Das ist ein Notfall, da muß gehandelt werden.

»Du rühr dich nicht von der Stelle«, rief sie zu der Hündin hinüber. »Es wird alles wieder gut. Das versprech' ich dir. Und knurr mich nur ja nicht an, verstehst du! Benimm dich nicht wie ein Hund, dann bist du auch kein Hund!«

Es war wie ein Alptraum. Die Hündin benahm sich nämlich wie ein Hund. Es war ihr nicht anzusehen, wer sie in Wahrheit war.

»Bete darum, daß wir beide aufwachen, und es war nur ein Alptraum!«

Auf leisen Sohlen lief Sophie hinüber zum Haus des Bürgermeisters. Sie drückte auf die Klingel und drückte gleich noch einmal. Und ein drittes Mal.

Der Bürgermeister war bereits im Pyjama. Seine Frau lag schon im Bett.

»Was ist denn?« fragte seine Frau.

»Ein Notfall.«

Er hatte nur wenige Worte mit Sophie gesprochen, hatte vom Fenster aus auf sie hinuntergeschaut, hatte gesehen, daß sie verwirrt und ratlos war. Das hatte ihn gerührt und ritterlich gemacht.

»Was hast denn du mit Notfällen zu tun?«

»Ich bin der Bürgermeister!«

Er gab seiner Frau einen schnellen Kuß, wie er es tat, wenn er für zwei Tage in die Stadt fuhr. Schon war er selber verwirrt.

»Ich weiß doch, daß du der Bürgermeister bist«, sagte sie.

»Um Gotteswillen«, flüsterte der Bürgermeister, »Frau Moor, alles, was Sie mir sagen, bitte sagen Sie es mir schonend, ich hab' ein schwaches Herz. Ist jemand gestorben?«

Sophie warf einen schnellen Blick hinüber zur Kirche. Sie nahm den Bürgermeister bei der Hand. »Kommen Sie!«

Sie führte ihn in den Wal, schloß die Tür hinter sich. Sie wunderte sich, daß der Bürgermeister sich nicht umblickte, daß er nicht über all das Wunderbare hier staunte.

»Ich bitte Sie«, sagte sie, »ich bitte Sie, mir konzentriert zuzuhören und mich nicht zu unterbrechen. Setzen Sie sich. Und noch etwas ...«

»Was?«

»Versprechen Sie mir, mich nicht für verrückt zu halten.«

»Sie sind es doch nicht … oder?«

»Versprechen Sie es mir.«

»Wenn es dem Notfall dient …«

Dann begann sie zu erzählen. – Ja, es war ein Notfall daraus geworden. Wenn man nicht an Wunder glaubte, dann sollte man sie nicht auf die Probe stellen. Das haben Wunder gar nicht gern. – Diese Einsicht kam nun zu spät.

Sophie Moor erzählte. Sie ging auf und ab in dem winzigen Raum, zwei Schritte vor, zwei Schritte zurück. Sie erzählte alles. Oder fast alles. Von Carl erzählte sie nämlich nichts. Daß er bei ihr gewesen war, daß er der eigentliche Auslöser dieses Notfalls gewesen war. Das erzählte sie nicht. Aber sonst alles.

»… und der Hund«, sagte sie am Ende, »der Hund, der jetzt da draußen vor der Kirche sitzt, ist die verwunschene … Braut. Sie haben mir versprochen, mich nicht für verrückt zu halten.«

Der Bürgermeister stand mühsam auf, schaute durch das kleine Fensterchen hinaus auf den Marktplatz und sah den Hund vor der Kirche sitzen.

»Ach, wissen Sie«, sagte er, »verrückt oder nicht verrückt … was heißt das schon … Lassen wir das beiseite … Was erwarten Sie, daß ich tun soll?«

»Besteht nicht die Aufgabe eines Bürgermeisters darin, sich um das Wohl seiner Bürger zu kümmern?«

»Schon, ja.«

»Und irgendwie käme ja auch Ihr Wohl nicht zu kurz … Verzeihen Sie, wenn das ordinär klingt.« Sie blickte dem Bürgermeister gerade in die Augen.

»Nein, nein, ich bitte Sie«, stammelte er. »Sie meinen, daß, wenn jemand … also … hier mit Ihnen … in diesem Fisch … mit Ihnen …«

»… schläft …«

»… und wenn er sich dabei etwas wünscht … wenn er hier … in diesem Fisch … mit Ihnen …«

»… schläft …«

In diesem Fall handelt es sich zweifellos um eine offizielle Mission, dachte der Herr Bürgermeister.

»Ich nehme an«, sagte er, »es soll sich hier zweifellos um eine offizielle Mission handeln … oder?«

»Was haben Sie schon zu verlieren«, sagte Sophie.

»… zu verlieren …« Der Bürgermeister schloß die Augen, lehnte sich zurück.

Sophie kam über ihn. Das große Herz des Wals leuchtete auf.

Der Hundemann saß auf der Veranda seines Hauses und zündete sich eine Zigarre an. Er hatte getrunken. Er hatte so viel getrunken, daß es ihm leichter fiel zu verstehen, was er gesehen hatte. Und was man versteht, das beißt einen nicht.

Im Licht des Mondes standen die Hunde in ihren Zwingern. Sie wachten mit ihrem Herrn. Sein Anzug war weiß, sein Hemd blau. Seine Wünsche aber waren schwarz.

»Guten Abend, Herr Landauer!« Carl war in den Hof getreten. Die Hunde schlugen an. Ein Zuruf des Hundemannes, und sie schwiegen.

»Ein seltener Besuch. Guten Abend, Carl.«

Hatte Herr Landauer damit gerechnet, daß Carl hier auftauchte? Er wunderte sich nicht, als er den jungen Mann sah, der in seinem Hochzeitsanzug im Hof auf ihn wartete.

»Sind Sie beruflich hier, Carl?«

»Das ist eine überaus dumme Frage.« Viel Überwindung hatte ihn dieser Weg gekostet, und noch mehr kostete es ihn, halbwegs höflich zu sein.

»Kommen Sie«, sagte der Landauer.

Sah er denn nicht, in welcher Verfassung Carl war? Warum blieb er so ruhig?

»Ich will die Hunde füttern«, sagte der Hundemann. »Leisten Sie mir Gesellschaft, Carl. Merkwürdig, finden Sie nicht auch, daß diese Tiere mitten in der Nacht Hunger haben ... Ja, es sind entsetzlich merkwürdige Tiere ... Hunde im allgemeinen, mein' ich ...«

Es wird alles wieder gut, dachte Sophie und legt ihre Arme um den weichen Rücken des Herrn Bürgermeisters, und sie fand, daß der Herr Bürgermeister seine Sache gut machte, seine offizielle Mission.

»Und nicht vergessen!« flüsterte sie ihm zu.

»Still, bitte still …« Er bemüht sich, will alles richtig machen – dachte sie. Ich kann ihm vertrauen. Und sie sagte sich: Es ist gut, mit einem Mann zu schlafen, dem man vertrauen kann.

Sie warf einen schnellen Blick durch das Fensterchen. Draußen vor der Kirche hockte der Mariahund. So nannte sie ihn in ihren Gedanken bereits.

Der Herr Landauer streifte sich grobe Lederhandschuhe über und nahm aus einer Tonne grobe Knochen. »Cayenne! Curry! Ginger!« Die Hunde kamen ans Gitter, tänzelten nervös. Im Mondlicht sahen sie unheimlich aus, größer, ihre Zähne weißer, ihre Augen böser. Jeder hatte seinen eigenen Zwinger.

»Sie hassen sich«, sagte der Hundemann. »Jeder haßt den anderen … Ich bin etwas verwirrt, Carl … Es geschehen Dinge … Wie geht's mit der Werkstatt? Hab' gehört, Sie wollten vergrößern, Sie kleines Arschloch … Verzeihung …«

Carl ballte die Fäuste.

In diesem Augenblick hob die Hündin vor der Kirche den Kopf. Mit neuem, geschärftem Instinkt schien Maria die Gefahr zu ahnen, in der sich ihr Liebster befand.

»Herr Landauer …«, sagte Carl. Schwer ging sein Atem.

Kalt und herausfordernd starrte ihn der Hundemann an. »Ja, Carl?«

Da rannte die Hündin los, rannte quer über die Wiese, rannte, was der noch ungewohnte Körper hergab.

Mit aller Kraft schlug Carl dem Hundemann die Faust ins Gesicht. Die Hunde im Zwinger tobten.

»Mein Gott, Carl«, sagte der Hundemann. Er sprach ruhig und langsam; beinahe heiter klang seine Stimme. »Mein Gott, Carl, wie du mir jetzt leid tust!«

Er legte die Hand an den Riegel eines der Zwinger. Der Hund dahinter bäumte sich auf.

Der Bürgermeister bäumte sich auf – seine offizielle Mission war erfüllt.

Sophie schob ihn beiseite, schaute zum Fensterchen hinaus. Der Mariahund war nicht mehr da.

»Sie sind ein guter Bürgermeister«, sagte sie. War sie erleichtert!

Ein guter Bürgermeister? Was, wenn er tatsächlich just in diesem Moment seine menschliche Pflicht erfüllt und Maria zurück ins Menschsein geliebt hätte?

Just in diesem Moment, als der Hundemann den Riegel zu einem der Zwinger zurückschob …

Just in diesem Moment, als der Mariahund Carl zu Hilfe geeilt kam?

Just in diesem Moment, als Cayenne, der Scharfe, sich auf die Hündin stürzte?

»Faß, Cayenne, faß!« schrie der Hundemann.

Jetzt soll Maria ein Mensch werden? Dann wäre Carl ohne jede Hilfe gewesen. Und Maria selbst? Sie wäre zerfleischt worden. – Wäre das der richtige Wunsch gewesen für einen verantwortungsbewußten Bürgermeister?

Sophie strich dem Bürgermeister über die Wange.

»Gott sei Dank!« sagte sie. »Ja, Sie sind ein guter Bürgermeister.«

Der Bürgermeister war verlegen. »Wir wollen es nicht übertreiben«, sagte er. »Man tut, was man kann.«

Was für eine Kraft man als Hund hat! Was für eine Kraft man als Mensch hat! Der Hundemann blickte auf die Leiche seines Hundes Cayenne nieder. Die Tränen traten ihm in die Augen.

Hechelnd und mit blutiger Schnauze stand die Hündin am Waldrand und schaute hinunter auf das Haus des Herrn Landauer.

Aus dieser Perspektive hatte Maria das Haus noch nie gesehen. Unterhalb der Villa duckte sich ein kleines, breites Häuschen, es gehörte zum Hof des Herrn Landauer. Dort war sie aufgewachsen, dort lebten ihre Eltern.

Dort lagen sie wach in ihren Betten, lauschten auf das Hundegebell, waren schweren Herzens, weil sie nicht wußten, wo ihre Tochter war …

»Was bist denn du für einer«, sagte Carl. »Ich kenn' dich ja gar nicht.« Er beugte sich zu der Hündin nieder. »Danke«, sagte er.

Dann ging er über den Abhang hinauf zum Wald. Sie folgte ihm.

Der Bürgermeister stieg von der Plattform des Lastwagens. Er blickte noch einmal zu Sophie zurück.

»Und daß Sie meiner Frau gegenüber nichts andeuten«, sagte er. »Ich weiß, es ist selbstverständlich … verzeihen Sie …«

Es war eine lange und verantwortungsvolle Nacht gewesen für den Herrn Bürgermeister. Was haben sie schon zu verlieren, hatte die fremde Dame zu ihm gesagt. Zu verlieren habe ich nichts, hatte er sich gedacht, aber wer weiß, vielleicht gibt's was zu gewinnen …

Und dann sah er, was er gewonnen hatte. Er hatte gewonnen, was er sich gewünscht hatte. Er hatte sich einen Tennisplatz hinter dem Haus gewünscht.

Ja.

Aus einem Hund einen Menschen zu machen, hatte er sich gedacht, nein, das wäre zu viel in der Schöpfung herumhantiert, außerdem ist ohnehin alles Unsinn … Aber vielleicht doch nicht ganz Unsinn, hatte er gedacht, und im letzten Augenblick hatte er sich einen Tennisplatz hinter seinem Haus gewünscht. Denn ein Tennisplatz, das mußte jeder zugeben, ist etwas Harmloses. Der kann niemandem schaden …

Schaden konnte dieser Tennisplatz nicht, nein. Aber nützen konnte er auch nicht. Das Grundstück hinter dem Haus des Bürgermeisters war nämlich schief. Schöne Hanglage. Nicht steil, nein, gut für Beeren und Tomaten, Südhang. Für Tennisplätze völlig ungeeignet. Absurd! Wie sollte man auf einem schiefen Platz Tennis spielen!

Ein Wunder muß man zu handhaben verstehen …

Tag eins nach dem Wunder.

Wunderbar geht die Sonne über den Bergen auf. Weit unten im Tal liegt das Dorf.

Immerhin hat es das Wunder geschafft, unser Liebespaar zusammenzubringen. Zwar anders, als es sich die beiden je hätten vorstellen können. Es ist eine kurze Hochzeitsnacht gewesen.

Auf einem idyllischen Moosplatz am Rand der Schlucht, vom Laub eines Baumes geschützt, liegen Carl und der Mariahund und schlafen. Carl hat seinen Arm um den Nacken des Tiers gelegt, es ist ein friedliches, aber auch komisches Bild.

Wir befinden uns an der Stelle, wo unsere Geschichte begann: in der Rappenlochschlucht.

Carl erwachte, kraulte dem Hund den Kopf.

»Was bist du für einer? Wem gehörst du? Schön bist du. Komm, ich wasch' dir die Schnauze, dann bist du noch schöner.« Er griff mit der Hand ins Wasser, rieb ihm die Schnauze ab.

»Hat mir gut gefallen, wie du den Köter vom Hundemann niedergemacht hast. Das hätte Maria gefallen. Das ist eine, die steckt jeden in den Sack. Das ist auch eine Wilde, das sag' ich dir. Schau! Hier hinauf … hier hinauf ist sie geklettert. Da bin ich ihr nicht nachgekommen.«

Da sah Carl den Hochzeitsschleier seiner Braut. Er war Maria vom Kopf geflogen, als der Hundemann sie bedrängt hatte. Der Schleier war in die Schlucht gesegelt und an einem Ast hängengeblieben.

Carl zog sich die Schuhe aus und kletterte über den Felsen hinauf. Er wollte den Schleier holen. Warum hängt der hier, dachte er. Sein Herz war voll Bangen und Angst.

Er konnte den Schleier nicht fassen.

Carl kletterte weiter, bis er die Brücke über der Schlucht erreichte.

Der Mariahund kannte das Gelände, er war einen Umweg durch den Wald gelaufen und kam gleichzeitig mit Carl oben an der Brücke an.

Carl saß über dem Abhang und schaute hinunter in die Schlucht. Hinter ihm hielt ein Auto. Er drehte sich nicht um.

»Carl, um Gotteswillen, mach keinen Blödsinn!« Es war Herr Fink, der Holzhändler. »So eine geplatzte Hochzeit ist das doch nicht wert, daß sich einer freiwillig den Hals bricht …«

»Was?« Carl blinzelte gegen die Sonne, sah den schweren Mann am Geländer stehen.

»Ich habe gedacht, du ziehst dir die Schuhe aus, Carl!«

Herr Fink beugte sich über das Geländer, und da sah auch er den Hochzeitsschleier. Und es wurde ihm unheimlich. Denn er dachte sich: Nein, nicht sich selber will er umbringen, der betrogene Bräutigam, ist ja klar, sie hat er …

Und schnell lief er zu seinem Wagen zurück, und schnell fuhr er davon.

Als der Herr Fink im Dorf ankam, sprang er gleich aus seinem Wagen und lief zur Telephonzelle, die Münze hatte er schon in der Hand.

Seine Frau war am Apparat. »Gib mir den Johler!« brüllte er. Die Brettsägemaschine war so laut. »Aber schnell!« Marias Vater arbeitete nämlich im Sägewerk des Herrn Fink.

Durch das Glas der Telephonzelle sah Herr Fink, wie Sophie Moor aus dem Wal trat. Und noch etwas sah er: einen schiefen Tennisplatz hinter dem Haus des Bürgermeisters. Wahrscheinlich liegt es an mir, dachte er, wahrscheinlich bin ich verrückt. Aber erwiesen ist es noch nicht. Darum muß ich vorerst so tun, als ob alle anderen verrückt wären. So dachte Herr Fink, der Holzhändler, während er auf den Herrn Johler wartete.

»Ist deine Tochter inzwischen nach Hause gekommen?« fragte er. Und nach einer Pause sagt er: »Krieg jetzt bitte keinen Schrecken ...«

Dem Herrn Johler stand die Angst ins Gesicht geschrieben. Er hängte den Hörer ein.

»Ich muß nach Hause«, sagte er und ging und jammerte: »Meine kleine Maria, meine kleine Maria ...«

Er rechnete mit dem Schlimmsten. – Was aber ist das Schlimmste?

Sophie Moor war gut gelaunt an diesem Morgen. Sie war bereit, das Dorf zu verlassen. Nie wieder werde ich hierher zurückkehren, dachte sie. Keine zehn Walfische bringen mich dazu. – Was ist zu erwarten, zu befürchten, wenn man an ein Wunder rührt?

Da kam der Holzhändler Fink auf sie zugelaufen. »Ah«, sagte er, »Sie sind also die Person, die das Ding da geerbt hat.«

»Ich werde keinen großen Gebrauch davon machen«, sagte Sophie.

»Weil mir nämlich der LKW versprochen worden ist. Ich bin der Fink. Zum Ankauf versprochen vom Bürgermeister ... günstig ... Nicht daß es auf einmal anders heißt ...«

Fröhlich antwortete sie: »Das soll alles geregelt sein, zu Ihrer vollen Zufriedenheit.«

Sophie Moor wollte sich vom Bürgermeister verabschieden, ihm noch einmal danken. Sie meinte, sie wäre noch einmal davongekommen, die Scherben, die sie verursacht hatte, wären noch einmal zusammengefügt worden. Arme Sophie …

Der Bürgermeister stand am Fenster des Rathauses und schaute hinaus auf den Wal. Er hielt sich die Hand etwas schräg über die Augen, damit er nicht den Tennisplatz sah. Was, fragte sich der Mann, was ist all das wert, was einen tagtäglich so tröstend selbstverständlich umgibt … die Menschen …

An seinem Schreibtisch im Rathaus saß der Gendarm, ein bescheidener Mann. Er warf dem Bürgermeister einen scheuen Blick zu, einen besorgten auch.

Der Bürgermeister nahm eine Heftklammer in die Hand, betrachtete sie. Was bedeutet das alles, dachte er, die Menschen, aber auch die Dinge, diese kleinen Dinge zum Beispiel, was für eine Bedeutung haben sie noch, wenn da draußen frei irgendwelche Wunder geschehen können.

Der Sekretär kam herein. »Guten Morgen.«

»Guten Morgen, Hoffmann«, sagte der schüchterne Gendarm. Er fühlte sich weit unter dem Sekretär. »Ein guter Mann, unser Hoffmann«, sagte der Gendarm manchmal zu seiner Frau, »ein guter Mann.«

»Hab' bis jetzt gar nichts von einer Baustelle hinter Ihrem Haus bemerkt«, sagte der Sekretär. »Komisch …«

»Ah, die … ja, ja …«, sagte der Bürgermeister.

Herr Johler war gleich nach Hause gelaufen, hatte mit seiner Frau gesprochen.

»Der Fink hat angerufen, er hat den Schleier von der Maria in der Schlucht hängen sehen. Was sollen wir tun?«

»Zum Landauer gehen wir«, sagte sie.

»Nicht zum Bürgermeister?« fragte Herr Johler.

»Nein, zum Landauer. Der Bürgermeister hat keine Zeit für uns. Nie hat er das …«

Da hatte Frau Johler recht. Gleich wird es nämlich hoch hergehen im Gemeindeamt.

Herr Fink, der Holzhändler, drängt sich zum Bürgermeister: »Ich habe eine Art Anzeige zu machen, Harry!«

Und Sophie Moor betritt gleich hinter ihm den Raum. »Guten Morgen«, sagt sie, lächelt dem Bürgermeister zu. Sie erinnert sich gern an seinen weichen Rücken. Nicht ungern jedenfalls.

Nun kommt ein zweiter Gendarm bei der Tür herein. Und weil wir den einen Gendarmen den Schüchternen nennen, sagen wir zum anderen der Forsche. »Morgen allerseits!« ruft er. »So ein Parteienaufkommen schon am frühen Tag!« Und zum Bürgermeister: »'tschuldigung, Chef, die Uhr geht wieder vor oder nach oder was weiß ich … Was ist denn da passiert hinter Ihrem Haus, Chef?«

Der Bürgermeister wehrt ab, nimmt Sophie an der Hand. »Ich muß Sie einen Augenblick sprechen«, und zieht sie in sein Büro.

»Wir müssen«, sagt er, als sie allein sind, »wir müssen es, glaube ich, noch einmal machen.«

»Was?« Da sinkt die Erinnerung an seinen weichen Rücken ins weniger Angenehme ab.

»Ich dummer Trottel habe mir natürlich nicht, wie ich versprochen habe, gewünscht, daß die Maria wieder zurückkommt, sondern …«

Die Tür wird aufgerissen, und die Frau Bürgermeister stürmt herein. Sie spießt Sophie auf ihren Zeigefinger. »Wissen Sie, als was er Sie bezeichnet hat? Als Notfall.«

»Bitte!« Der Bürgermeister schiebt seinen Arm zwischen die beiden Frauen.

»Was ist das hinter unserem Haus, Harald?« sticht die Frau Bürgermeister nun den Herrn Bürgermeister. »Bitte sag, daß das kein Tennisplatz ist!«

Der Bürgermeister steckt das Gesicht in die Hände.

Nun drängen der Holzhändler und der Sekretär herein. »Der Johler vermißt seine Tochter. Der Fink hat eine Art Anzeige gemacht … will er machen … Wo sind die Formulare?«

»Ich habe den Carl gesehen«, unterbricht ihn Fink. »Wenn es da noch einen Beweis braucht! Oben der Carl, unten in der Schlucht der Schleier! Keine zehn Groschen für ihr Leben!«

Diesem Irrentanz sah Sophie mit wachsendem Entsetzen zu. Sie suchte den Blick des Bürgermeisters. Sie beide waren hier die einzigen, die wußten, was wirklich geschehen war. Und sie weiß nun, daß sie nicht noch einmal davongekommen ist, daß die Scherben nicht zusammengefügt worden sind.

Und dann ruft auch noch der Herr Landauer an.

»Jawohl ... verstehe ...« Der Bürgermeister haßt sich selbst dafür, daß er dem Landauer gegenüber immer in diesen devoten Ton verfällt. »Nicht zu glauben ... Selbstverständlich, Herr Landauer ... Das ist sehr zuvorkommend von Ihnen. Herr Landauer ... Danke ... Jawohl.« Legt auf.

Nach einer Pause sagt er: »Der Carl ist in der Nacht beim Landauer eingebrochen, hat ihn bedroht und einen seiner Hunde umgebracht.«

»Mein Gott!«

»Er ist verrückt geworden«, ruft Fink.

»Die Johlers sind jetzt beim Landauer«, sagt der Bürgermeister. »Sie machen sich Sorgen wegen der Maria ...«

Einen schnellen Blick wirft der Bürgermeister Sophie zu, einen sorgenvollen Blick. »Der Landauer sagt, er stellt der Polizei seinen besten Hund zur Verfügung. Dann Mahlzeit!« Und zum Sekretär: »Ruf beim Carl zu Hause an! Vielleicht klärt sich ja alles auf.«

Sophie dreht sich um, verläßt den Raum.

»Alles raus, alles raus!« befiehlt der Bürgermeister.

Sophie Moor kehrte in den Wal zurück. Warf ihren Koffer aufs Bett.

Ich hab's nicht richtig gemacht, dachte sie. Ist ja auch kein Wunder! Wer glaubt denn das schon, daß aus einer Braut ein Hund werden kann. Wer will schon mit seinen Wünschen im Tierreich herumackern. Nein, dachte sie, ich muß es noch einmal machen. Ich muß einen anderen finden. Ich muß diplomatisch vorgehen.

Sie trat auf die Plattform des Anhängers und blickte sich um. Viele Leute waren auf dem Marktplatz. Mehr Frauen als Männer, das schon. Und die meisten Männer gefielen ihr nicht.

Aber da war Basil, der Postbote, der in seiner Freizeit gern die Kirchenorgel spielte. Sie sah, er hatte gepflegte Hände, schmale, gepflegte Hände. Oh, ja, dachte sie, man kann aus schmalen, gepflegten Händen Schlüsse ziehen. Hoffentlich, dachte sie.

Basil, der Orgler, nickte Sophie einen Gruß zu.

»Sie tragen die Post aus?« fragte sie ihn.

»Das mach' ich, ja«, sagte er.

»Kennen Sie Carl?«

»Den Bräutigam?«

»Und Maria?«

»Kann einem leid tun, der Carl.«

»Warum?«

»Weil sie ihm davon ist.«

»Sind Sie ein Freund von Carl?«

»Hab' nichts gegen ihn.«

Plötzlich faßte sie Basil am Arm und zog ihn hinter sich her in den Wal.

Und wieder mußte sie die Geschichte erzählen. Tat es diesmal mit Diplomatie, wie sie glaubte.

Hinterher …

»Und?« fragte Sophie.

»Was und?« fragte Basil zurück. »Was bin ich schuldig?«

»Was meinen Sie damit? Ich habe Ihnen doch gesagt, Sie sollen sich wünschen, daß die Maria wieder zurückkommt.«

»Bin ich blöd? Bin ich ein Depp? Glaub' ich jeden Schmarren? Was wünschen! Was denkst du denn, was ich mir wünschen würde, wenn ich mir etwas wünschen könnte, ha?«

Was sagen schon schmale, gepflegte Hände! Sie blickte ihn fassungslos an. »Das heißt, Sie haben die Situation ausgenützt.«

»Also, was ist Ihr Tarif? Ich bezahle, ich bin kein Abstauber. Kann ja nicht die Welt kosten so eine schnelle Nummer, oder?«

»Nichts … nichts … Gehen Sie!«

Draußen vor dem Wal öffnete Basil seine Postlertasche. Schadet es, wenn man sich etwas wünscht, hatte er sich nämlich gefragt, und er hatte sich selbst geantwortet: Nein, es schadet nichts. Und da sieht er, daß es etwas genützt hat. Geld hat sich der Postbote mit den schmalen, gepflegten Händen gewünscht, eine Tasche voll Geld, amerikanische Dollar. – Die Tasche war voll davon.

Nun wird sich das Wunder nicht lange geheimhalten lassen. Aber andererseits: Kann so ein Wunder nur für einen allein bestimmt sein? Haben nicht alle ein Anrecht darauf?

Der Wirt vom Gasthaus zum Adler – was wird er sich wünschen?

Oder der Bäcker – was ist sein Wunsch?

Und auch die beiden Gendarmen werden wohl Wünsche haben …

»Den Hund vom Landauer mußt du führen, das sag' ich dir gleich«, sagte der schüchterne Gendarm zum forschen. »Ich hab' Schiß vor Hunden.«

Der Forsche kontrollierte seine Waffe, schob andere Patronen hinein.

»Wenn das scharfe sind«, sagte der Schüchterne, »dann muß ich das melden.«

»Wenn du das Maul aufmachst, ist die zweite für

dich. Die erste kriegt die perverse Sau.« Er meinte damit Carl …

Carl wußte von nichts. – Er kam über die Wiese auf das Haus seiner Mutter zu. Neben ihm lief die Hündin, von der er nicht wußte, woher sie kam, wem sie gehörte und warum sie so zutraulich zu ihm war. Sie hielt Schritt mit ihm. Carl sprach mit ihr. Gern tat er das.

Das Haus seiner Mutter lag etwas abgelegen vom Dorf. Die ehemalige Scheune war jetzt Carls Autowerkstatt. Wenzel arbeitete dort. Er sah seinen Bruder über die Wiese heraufkommen. Er wischte sich schnell die Hände ab und lief ihm entgegen.

»Warum bist du nicht in der Schule, Wenzel?« sagte Carl. »Hat sich die Maria gemeldet?«

»Die suchen dich, Carl!«

»Wer sucht mich?«

Die Mutter trat aus dem Haus. »Die suchen dich, Carl«, sagte auch sie. »Der Bürgermeister hat angerufen, der Harry.«

»Wer verdammtnochmal sucht mich? Warum sucht mich der Bürgermeister?«

»Wegen der Maria«, sagte Wenzel.

»Was hast du denn da für ein Hundsvieh bei dir?« Die Mutter mochte Hunde nicht, und die Maria hatte sie auch nicht gemocht. »Das gehört uns doch nicht! Und zieh dich um! Der schöne Anzug!«

»Geh ins Haus, Mutter!« Carl nahm Wenzel beiseite. »Jetzt ehrlich!«

»Die glauben, du hast sie abgemurkst«, sagte Wenzel.

»Was!«

»Versteck dich oben in der Hütte, Carl, ich bring' dir alles.«

»Seid ihr alle verrückt geworden?«

Carl lief über die Wiese nach unten ins Dorf. Das sollte ihm der Herr Bürgermeister alles persönlich sagen. Wenzel rannte ihm hinterher. Der Mariahund war schon vorneweg.

»Was willst du denn jetzt machen, Carl?«

»Denen etwas erzählen!«

»Ich helfe zu dir, Carl. Ich kann schon verstehen, wenn du sie um die Ecke gebracht hast, ehrlich.«

Carl blieb stehen. Sie hatten inzwischen den Waldrand erreicht.

»Was sagst du da, Wenzel? Bist du auch völlig übergeschnappt? Ich liebe die Maria.«

Da hätte die Hündin die Ohren gespitzt. Aber sie war schon voraus in den Wald gelaufen. Weder Carl noch Wenzel kümmerten sich darum.

»Hör zu, du Knirps!« sagte Carl.

»Ich bin kein Knirps. Nur damit du es weißt.«

»Sehen wir das klar. Der Maria ist nichts passiert, Wenzel! Verstanden! Ich weiß genau, wo sie jetzt ist.«

»Wo denn, Carl?«

Selbst voll Sorge, wollte Carl seinen Bruder beruhigen. Maria habe, sagte er, immer die große, weite Welt geliebt.

Carl drückte Wenzel liebevoll die Faust an die Wange. »Es geht ihr gut.«

Da fällt ein Schuß. Gebell.

Carl und Wenzel laufen in den Wald.

Zweiter Schuß. – Der forsche Gendarm legt mit seiner Pistole auf den Mariahund an.

Dritter Schuß. – Die Kugel schlägt in einen Baumstamm. Die Hündin läuft davon.

Der schüchterne Gendarm hält den Hund an der Leine, den der Herr Landauer für die Hatz auf Carl zur Verfügung gestellt hat. Nur mit Mühe kann er das Tier halten.

»Willst du den Carl denn umbringen!« schreit er. Er läßt den Hund los.

Die beiden Hunde laufen hintereinander her. Die Gendarmen laufen hinter Carl her.

»Du weißt, wo du mich finden kannst«, ruft Carl seinem Bruder zu. Carl ist geschickt, er hängt die Gendarmen ab. Er steigt hinauf ins Gebirge.

So verließ Carl das Dorf. Er stieg durch den nebligen Wald hinauf ins Gebirge, und er hatte noch immer seinen Hochzeitsanzug an …

Ein Deserteur hatte sich ihnen angeschlossen – der klügste Hund des Herrn Landauer, aber nicht sein loyalster. Wer weiß, vielleicht gefiel ihm diese Hündin, die er von der letzten Nacht her kannte, eine entschlossene Hündin, die töten konnte …

»Hast die Fronten gewechselt«, sagte Carl.

Die Hütte war in den Fels gebaut. Hier würde ihn niemand finden. Hier wollte er abwarten, bis sich der Wahnsinn unten im Dorf gelegt hatte.

Wahnsinn? Wer spricht von Wahnsinn? – Vielleicht müßte man hier nur die Spielregeln ein wenig ändern, dachte der sanfte Gendarm. Er balancierte über den schiefen Tennisplatz des Bürgermeisters.

Eine Zeit war vergangen, seit das Wunder vom Wal offenbar geworden war. Nach Maria und Carl fragte niemand mehr. Nun hatte das Dorf ganz anderes im Sinn …

Zum Beispiel: Was ist ein alter Traktor gegen einen Rolls Royce. Herr Reuter, der Bauer, hat sich einen Rolls Royce gewünscht. – Von wegen eine Hündin in eine Frau zurückverwandeln, Hirngespinste!

Anderes Beispiel: Jodok, der Knecht. Wie wunderbar er seit kurzem Geige spielen kann! Wo hat er das gelernt? – Von wegen eine Hündin in eine Frau zurückverwandeln, Hirngespinste!

Oder hier: Die Fassade der Metzgerei ist renoviert worden. Ja, warum eigentlich nicht eine Barockfassade? – Von wegen eine Hündin in eine Frau zurückverwandeln, Hirngespinste!

Viel hatte sich geändert in dem kleinen Dorf. Dem Herrn Pfarrer schien das nicht zu gefallen. Von seinem Turm aus blickte er herunter. Sah den Basil, der nun nicht mehr die Kirchenorgel spielte, ein feiner Herr im weißen Anzug war er geworden, einer, der immer seine Postlertasche mit sich herumtrug, obwohl er längst nicht mehr die Post austrug.

»Hochwürden!« rief Basil nach oben. »Hochwürden!«

»Was ist denn?«

»Beichten will jemand.«

In der Kirche wartete Sophie Moor auf den Pfarrer. Sie verbarg das Gesicht hinter einem Tuch.

Der Pfarrer blickte sie lange an. »Also gut«, sagte er schließlich.

Er stieg in den Beichtstuhl. »Die Aufzählung der Sünden können Sie sich ersparen. Man sieht sie am Dorfbild.«

»Ich bin nicht gekommen, um zu beichten«, sagte Sophie.

Dies, so hatte sie sich nämlich vorgenommen, sollte ihr letzter Versuch sein, jemanden zu finden, der sich bereit erklärte, die Scherben zusammenzufügen – der sich die Maria aus dem Tierreich zurückwünschen wollte.

»Was fällt Ihnen ein, mit einem solchen Ansinnen zu einem geistlichen Mann zu kommen!« Der Pfarrer zerrte Sophie aus dem Beichtstuhl. »Hier werden Sünden eingestanden, nicht eingefädelt!«

»Ich habe an Ihre Nächstenliebe appelliert«, sagte Sophie. »Das ist doch euer erstes Gebot!«

»Man kann dem ersten Gebot nicht dienen, indem man das sechste bricht!«

»Dann sollt ihr an euren Wünschen ersticken!«

Wütend schlug sie die Kirchentür hinter sich zu.

Hast dich so bemüht, Sophie Moor, das Unglück, das aus dem Glück erwuchs, wieder in Glück zurückzuverwandeln – und jetzt? Hast dich eingelassen mit dem Wal, hast zu spät erst gemerkt, daß er dich verschlingen will. Und jetzt? Jetzt kommst du ihm nicht mehr aus. Jetzt hat er dich!

Gut. Dann soll es so sein, dachte sie. Dann soll es so sein!

Ihr Gesicht war weiß wie Stein. Hingestreckt auf dem Bett im Bauch des Wals lag sie. Die Welt um sie herum wankte.

Es war einmal ... – Hier nun beginnt das Märchen. Das Märchen von der Gier.

Die Welt um sie herum wankte. Sophie Moor, die Zauberin, die Wunschmaschine, ihr Haus, ihre Welt wurde auf Händen getragen. – Das heißt: Der Wal wurde vom LKW abgehängt und in die Mitte des Marktplatzes gezerrt. Das Wunder war zum Mittelpunkt des Dorfes geworden.

Vor so viel Glück müssen die Kinder in Sicherheit gebracht werden. Denn dieses Glück ist Sache der Erwachsenen, und es muß organisiert sein.

Wenzel hatte sich versteckt, er betrachtete die Szene. Der Platz war voll von Leuten, nicht einer, der an diesem Tag nicht auf dem Marktplatz war. Wenzel sah, wie die Kinder des Dorfes zu einem Bus gebracht wurden, wie ihre Rucksäcke und ihre Koffer verladen wurden. Wohin wurden die Kinder gebracht? Zu Verwandten vielleicht? In ein Sommerlager?

Mich kriegen sie nicht, dachte Wenzel. Er sah, wie die Eltern die Tränen aus den Augen wischten. Als täte es ihnen leid, daß die Kinder wegfuhren. Wenzel glaubte ihnen nicht. Dann fuhr der Bus ab, und die Eltern weinten nicht mehr.

Jetzt ging's ans Wünschen … Was gibt's zu wünschen? – Langsam, langsam, der Reihe nach! Jeder kommt dran. Jeder hat viele Wünsche. Alle werden erfüllt werden. Da hat einer zum Beispiel schlechte Zähne. Schon ein halbes Leben lang traut er sich nicht zu lachen. »Ich habe meinen Termin«, sagt er und lacht, lacht nun tatsächlich, zeigt ein letztes Mal allen seine schlechten Zähne und verschwindet im Wal.

»Glühbirnen brauchen wir«, ruft der Bürgermeister. »Soll ja auch in der Nacht schön aussehen.«

Wenn man sich endlich durchgerungen hat, diese Glücksmaschine zu akzeptieren, dann soll sie auch geputzt und geschmückt werden.

»Kommen Sie, Hoffmann«, sagt die Wirtin vom Gasthaus zum Adler. »Ich zeige Ihnen unser neues Haus.« Ihr Mann war nämlich schon in aller Herrgottsfrühe im Wal.

Eine Renovierung, eine blitzartige Renovierung hatte sich der Herr Wirt gewünscht. Fürs erste. War prompt erfüllt worden. Viel Gold. Aber den kleinen Tanzsaal hatte er vergessen in seinen Wunsch miteinzubeziehen.

»Schade«, sagt der Sekretär. »Wär' schön gewesen, wenn wir die Bürgerversammlung heute abend in einem renovierten Saal hätten abhalten können.«

»Mußt du halt noch einmal zu ihr in den Wal gehen«, sagt die Wirtin zu ihrem Mann.

»Das gibt böses Blut«, sagt Hoffmann. »Ich kann niemanden vorlassen.« Ein guter Mann, unser Hoffmann.

Chevrolet, was für eine Automarke! Der Holzhändler Fink hat sich gleich zwei davon gewünscht, einen für sich und einen für seine Frau. Nebeneinander fahren sie im Dorf ein.

»Drum sag' ich ja, ein Hotel oben auf dem Berg wär' durchaus vernünftig, auch als Kapitalanlage«, sagt Herr Fink zu Frau Fink.

»Richtig, richtig«, sagt sie. »Man weiß ja nicht, wie lange sie das durchhält.«

Der Sekretär drückt ihnen ein Formular in die Hand.

»Bitte ausfüllen und heute abend zur Versammlung mitbringen!« Die Organisierung des Glücks hat der Herr Bürgermeister ganz in Hoffmanns Hände gelegt. Ein guter Mann ...

In diesem Augenblick tritt ein Mann aus dem Wal – wunderbare Zähne, wunderbare Zähne ...

Nun stand der Wal, der Unfisch, also in der Mitte des Platzes. Der Bürgermeister hob die Hände und bat um einen Augenblick Ruhe: »Wir haben das Glück auf unserem Marktplatz installiert«, sagte er. »Wir wollen gewissenhaft damit umgehen und demokratisch. Einige von euch waren schon im Wal, und dagegen ist auch gar nichts einzuwenden. Aber für heute wollen wir Schluß machen, wollen wir Frau Moor Ruhe gönnen. Heute abend werden wir alle das Weitere beschließen.«

Da murrten einige. Das ist üblich in einer Demokratie. Das soll so sein. Der Bürgermeister gab dem forschen Gendarm Anweisung: »Keine Ausnahme, daß wir uns richtig verstehen!«

Der Forsche nickte, grinste, öffnete seine Jacke. Darunter war ein Waffenarsenal – Pistolen, Revolver, Gewehr, Handgranaten. Er war auch einer derjenigen, die bereits im Wal gewesen waren an diesem Tag …

»Der Wenzel steht nicht auf der Kinderliste«, machte Hoffmann den Bürgermeister aufmerksam. »Warum nicht? Er ist doch auch noch nicht volljährig.«

»Ich habe eine Ausnahme gemacht«, sagte der Bürgermeister, und er war verlegen, »damit seine Mutter nicht ganz so allein ist … wo der Carl doch immer noch verschwunden ist …«

Da schlug vom Turm die Glocke – hart, Schmerz erzeugend, unrhythmisch.

Der Sekretär drückte sich die Ohren zu. »Nicht schon wieder!« stöhnte er.

»Hier bin ich wieder!« rief der Pfarrer von seinem Turm herunter. »Und wie zu jeder vollen Stunde sage ich immer dasselbe! Auch wenn ihr euch nicht um die Stimme des Glaubens und der Rechtschaffenheit kümmert und fortfahrt in eurem sündigen Treiben …«

Freilich darf die warnende Stimme nicht fehlen. Weiß man doch, daß es hienieden nichts Süßes ohne einen Schuß Bitternis geben kann. Und es tut gut, wenn da ein heiliger Mann steht, der für das Bittere zuständig ist – und es en gros auf sich nimmt.

»… wisset: Was ihr tut, ist böse!«

»Er muß sich erst umstellen«, sagte der Bürgermeister zu Hoffmann. »Lassen Sie ihm Zeit. Wir müssen toleranter sein.«

Viel Arbeit wartete auf sie. Gemeinsam gingen sie ins Gemeindeamt, ein wenig hatte die neue Situation sie einander näher gebracht – den Bürgermeister und seinen Sekretär.

»Ich möchte ihr gleich die Termine für morgen in den Wal bringen«, sagte der Bürgermeister. »Damit es heute abend bei der Versammlung keine langen Diskussionen gibt. Das schaffen Sie, Hoffmann?«

»Ich schaffe alles«, sagte Hoffmann. Ein stolzer Mann, der Herr Sekretär. Kraft bis zum Umfallen hatte er sich gewünscht. – Hatte er sich gewünscht!

Herr und Frau Johler, die Eltern der verschollenen Braut, warteten im Gemeindeamt.

»Wir wollten fragen, ob es etwas Neues gibt«, sagte Herr Johler.

»Wegen der Maria ...«

Der Sekretär verdrehte die Augen, überließ die beiden seinem Chef.

»Der Carl wird gesucht«, sagte der Bürgermeister. »Es läuft ein Haftbefehl. Mehr kann man im Augenblick nicht tun. Bitte, Frau Johler, Herr Johler, wir sind sehr beschäftigt ...«

»Wir wollen nicht den Carl«, sagte Frau Johler verzagt. »Wir wollen unsere Tochter.«

Der Bürgermeister, ach, er hatte ein schlechtes Gewissen – einerseits. Andererseits auch wieder nicht. Denn, so sagte er sich: Mein Egoismus in jener Nacht war auslösend für die zweifellos bevorstehende Prosperität des Dorfes. Denn hätte ich damals, wie von mir verlangt, die Maria zurückgeholt, dann wäre für Frau Moor die Sache erledigt gewesen, und sie hätte das Dorf verlassen. So aber …

»Machen Sie sich keine Sorgen«, sagte er zu Herrn und Frau Johler und dachte: jedenfalls nicht allzu viele Sorgen …

Wenzel sah, wie Marias Eltern mit gesenkten Köpfen am Rande des Platzes davonschlichen. Sie konnten nicht teilhaben an dem allgemeinen Glück.

Wenzel drehte sich um und ging. Und verließ das Dorf. Einen Rucksack auf dem Rücken.

Während im Dorf die Vorbereitungen zur letztgültigen Organisation des großen, spektakulären Glücks auf Hochtouren liefen, war einen halben Tagesmarsch weit weg in den Bergen ein kleines, unspektakuläres Glück geschehen, ein Glück, das sich ebenso wenig organisieren läßt wie der Sonnenstand und ebenso selbstverständlich ist.

Carl und sein Hund tollten auf der Wiese herum. So vertraut war er mit diesem Tier, als würde er bis in das Hundeherz blicken können. Er legte zärtlich den Arm um ihn. Der Deserteur, der Hund des Herrn Landauer, er schaute den beiden eifersüchtig zu.

Wenzel kam den Berg herauf. Carl umarmte seinen Bruder. »Hast du etwas herausgefunden?«

Wenzel stellte den Rucksack ab, setzte sich und verschnaufte erst. »Das hab' ich gefunden«, sagte er und gab Carl das Flugblatt des Sekretärs. »Was ist denn das für ein Hund, ein neuer? Sammelst du Hunde?«

»Das ist der vom Landauer«, sagte Carl. »Fühlt sich wohler bei mir. Ist Maria wieder zurück? Hast du sie gesehen?« Er warf einen Blick auf das Flugblatt. »Was ist denn das?«

»Sie gehen alle in den Wal und bumsen die fremde Frau, die Sophie Moor heißt und der der Wal gehört«, sagte Wenzel.

»Was!« Nie wieder wollte Carl das Lieblingswort des Herrn Landauer in den Mund nehmen. Aber jetzt fiel ihm nichts anderes ein: »Das ist absurd! Komm, Wenzel!«

»Kann ich mich nicht einen Augenblick ausruhen?«

Carl lief bereits über die Wiese hinunter, die Hunde hinter ihm her.

Das Haus der Johlers war heruntergekommen. Es war ehemals eine Art Sommerhäuschen gewesen, gehörte zur Villa des Herrn Landauer.

Die Johlers saßen auf der Bank vor dem Haus. Herr Landauer, einen Hund, seinen letzten, an der Leine, kam auf sie zu.

»Gehen Sie nicht zur Versammlung?« fragte er.

Herr Johler schüttelte den Kopf.

»Dann sind wir drei wohl die einzigen, die noch

nicht verrückt sind.« Er blickte sich um. »Wissen Sie, daß dies hier als Kind mein Lieblingsplatz war?«

Die Johlers senkten verlegen ihren Blick.

»Mein Großvater hat das Häuschen für sich gebaut, weil er es mit meiner Großmutter in einem Haus nicht ausgehalten hat. Sie hat oben gewohnt und er hier. Das war ihre Garantie für eine glückliche Ehe.« Und im selben harmlosen Ton fuhr Herr Landauer fort: »Wie viele Monatsmieten schulden Sie mir? Zehn? Zwölf?«

»Sie waren so freundlich und haben gesagt …«, stammelte Herr Johler.

»Um es kurz zu machen«, fuhr ihm Herr Landauer ins Wort. »Ich gebe Ihnen zwei Tage Zeit, Ihre Schulden bei mir zu bezahlen. Sonst müssen Sie hier raus. Ich benötige das Haus selbst. Ich habe Pläne.«

Drehte sich um und ging. Rief über seine Schulter zurück: »Machen Sie es wie die anderen, Frau Johler: Schicken Sie Ihren Mann in den Wal!«

Am Abend war der Saal des Gasthauses gerammelt voll. Die Stimmung war bedrohlich. Keiner sah ein, warum man hier im Saal sitzen sollte, anstatt sich draußen im Wal Wünsche zu erfüllen. Der forsche Gendarm mit seinen Waffen bewachte die Tür. Niemand durfte den Saal verlassen.

»Gut, daß du noch nicht zum zweiten Mal im Wal warst«, sagte die Wirtin zum Wirt. »Da hättest du dann gleich ein drittes Mal gehen müssen.«

Hoffmann, der Sekretär, schlug die Glocke: »Ruhe!« Wedelte mit dem Formular. »Wir kommen jetzt zur Reihung des ersten offiziellen Durchgangs.«

»Wir bitten um Ruhe!« rief der Bürgermeister.

»Wir meinen«, begann der Sekretär seine Ausführungen, »daß all jene, die schon im Wal waren, mit einem zweiten Besuch warten sollen, bis alle einmal drangekommen sind …«

Eine lautere Stimme hätte sich Hoffmann wünschen sollen. Niemand hörte ihm zu, alles drängte nach hinten, zur Tür.

»Es hat keinen Sinn. Die Türen sind abgeschlossen, und der Wal ist bewacht.«

»Benehmt euch wie zivilisierte Menschen!« donnerte der Bürgermeister. »Bitte, Hoffmann!«

Der Sekretär sprach leise und eintönig. Wer mich hören will, der soll mich hören, wer mich nicht hören will, der wird mich morgen fühlen, dachte er. »Wir haben die Wünsche grob nach zwei Gesichtspunkten sortiert, und zwar nach privatem Interesse und nach öffentlichem Interesse …«

Der schüchterne Gendarm war eingeteilt worden, Wache vor dem Wal zu halten. Der Marktplatz war leer.

Da kam der Herr Landauer mit seinem Hund und drückte dem Sanften eine Banknote in die Hand. »Ich weiß, daß du nicht bestechlich bist«, sagte er, »und ich respektiere das. Aber ich mache dir einen Vorschlag: Du weißt von nichts, und ich weiß auch von nichts.«

»Und der Hund?«

»Er paßt auf dich auf.«

Und schon war der Herr Landauer im Wal. – Weil das Leben so kurz ist, darum haben es die Wünsche so drängend eilig.

Sophie Moor schlief. Herr Landauer trat leise zu ihr hin, betrachtete sie und hob vorsichtig die Decke von ihrem Körper.

Als sie erwachte, riß er sie an sich. Sie wollte schreien.

Er hielt ihr den Mund zu.

»Ja«, rief der Herr Bürgermeister in den Saal, »sie gehört uns allen! Niemand kann sagen, sie gehört ihm allein. Eure Frauen gehören vielleicht euch allein oder eure Wohnungen oder eure Kinder oder eure Autos oder was täglich auf den Tisch kommt – das gehört jedem von euch allein. Aber sie, sie und der Wal, gehören uns allen!«

Er hat die Zauberin vergewaltigt, der Hundemann.

»Für eine Frau mit deinen Fähigkeiten«, sagte er, noch keuchend, »ist das hier unwürdig. Ich bin nicht so ein dummer Bauerntrottel wie die anderen. Du bist dir selbst gar nicht bewußt, was für ein Kapital du darstellst!«

Carl und Wenzel sind inzwischen auf dem leeren Marktplatz angekommen. Bei ihnen die beiden Hunde, der Mariahund und der Curryhund.

Carl blieb der Mund vor Staunen offen. »Was ist denn das?« Er zeigte auf die Barockfassade.

»Hat sich der Metzger sosehr gewünscht«, sagte Wenzel.

»Ich glaube diesen Quatsch nicht, Wenzel. Du doch auch nicht!«

Wenzel zuckte mit der Schulter.

Da hörten sie einen unterdrückten Schrei aus dem Wal. Der schüchterne Gendarm kam zum Wal gelaufen. Er hatte dezent sein wollen und sich etwas abseits aufgehalten.

»Mensch, Carl! Was machst denn du hier!«

»Was ist dort drinnen los?« Carl sprang auf die Plattform vor dem Wal.

»Niemand darf hinein, Carl!«

Wieder ein unterdrückter Schrei aus dem Wal …

Der Hundemann hält Sophie den Mund zu und drückt ihr den Arm auf den Rücken. »Du wirst in Zukunft alles tun, was ich dir sage.« Er läßt Sophie los, tritt zwei Schritte zurück. »Das habe ich mir nämlich soeben gewünscht.«

Carl pumpert an die Tür.

Der Hundemann kümmert sich nicht darum. »Komm her!« sagt er zu Sophie.

Sophie tritt zu ihm.

»So und jetzt küß mich!«

Sophie holt aus und haut dem Hundemann eine Ohrfeige herunter.

Die Tür wird aufgestoßen. Carl geht auf den Hundemann los. Sophie sitzt auf dem Bett, kalt starrt sie vor sich hin, unbeteiligt. Da treffen sich ihre Blicke. Carl läßt den Hundemann los. Einen Augenblick ist er verwirrt.

Der Hundemann nützt die Gelegenheit, er packt Wenzel, der gerade den Kopf zur Tür hereinsteckt.

Als der Herr Landauer zu spüren bekommen hatte, daß dieses Wunder seine Tücken hat, da lag ihm weder an großen Worten noch an Manieren. Er war verzweifelt, und er faßte einen verzweifelten Plan.

Er schleppte Wenzel zu seinem Porsche, stieß ihn auf den Rücksitz, befahl seinem Hund, sich neben ihn zu hocken, und fuhr los.

»Wenzel!« rief Carl. Er lief aus dem Wal, lief zum LKW. Der Mariahund sprang auf – und los ging die Verfolgungsfahrt.

Nun drängten die Leute aus dem Gasthaus. »Da ist der Mörder«, rief Herr Fink, der Holzhändler.

Die Gendarmen eilten zu ihrem Dienstwagen.

Der Bürgermeister wartete, bis sich die Leute zerstreut hatten, dann ging er zum Wal. Er war sich nicht mehr so sicher, daß die Dinge einen glücklichen Verlauf nahmen.

Wie auch immer, dachte er, einer muß sich um das Wesentliche kümmern. Und das bin ich. Noch glaubte er zu wissen, was das Wesentliche ist.

Aus dem Dorf locken wollte der Herr Landauer den Carl. Denn was er ihm zu sagen hatte, das durfte unter gar keinen Umständen ein anderer hören.

Die Verfolgungsjagd endete auf der Brücke über die Rappenlochschlucht. Dort hielt Herr Landauer an. Er riß Wenzel aus dem Wagen. Den Hund hatte er an der kurzen Leine.

Carl hielt den LKW an, sprang heraus. »Lassen Sie Wenzel in Ruhe!« rief er.

Der Hund an der Hand des Herrn Landauer fletschte die Zähne.

»Er ist mein letzter«, sagte der Herr Landauer. »Der Cayenne ist totgebissen worden. Der Curry ist mir davongelaufen. Nur er ist mir geblieben, Ginger. Er ist nicht der klügste, aber er ist der brutalste.«

»Bitte, lassen Sie Wenzel los!«

»Du hast mich geschlagen, Carl, du hast mich überfallen. Aber ich bin dir deswegen nicht böse. Du hast mir Maria weggenommen. Aber ich bin dir auch deswegen nicht böse …«

»Ich tu', was Sie wollen!«

»Freilich tust du das, Carl. Du magst ja deinen Bruder. Ich möchte dich nur um etwas bitten … Du warst ja noch nicht im Wal bei der Hexe …«

Der Bürgermeister schaute in Sophies starres Gesicht. Er verbeugte sich. – Was war an diesem Tag das Wesentliche? Für den einen, daß alles seine Ordnung hatte.

»Verzeihen Sie die Störung. Ich bringe nur die Listen für morgen … damit alles seine Ordnung hat …«

Und für die Zauberin war das Wesentliche: »Ich habe Hunger.«

Aber das eigentlich Wesentliche an diesem Tag war etwas anderes. Der ungeduldige Herr Landauer, der unbedingt und mit Gewalt einen zweiten Wunsch erfüllt bekommen wollte, er hatte es als erster herausbekommen. Und nun erfuhr es auch der Herr Bürgermeister. Die Zauberin teilte es ihm offiziell mit.

Und als er aus dem Wal trat, wurde es ihm schwindelig.

»Es geht nur einmal«, sagte er zu Hoffmann, seinem Sekretär.

»Was? Nur einmal?«

Nämlich, daß ein Mann nur einmal ein Wunder haben kann …

»Bitte, Hoffmann, sagen wir es den anderen erst morgen.«

Er soll in den Wal gehen und sich den Wunsch aller Wünsche wünschen. So die Worte des Herrn Landauer zu Carl. Dann werde er Wenzel loslassen. Wenn nicht, hetze er den Hund auf ihn.

»Daß Sophie Moor Ihnen gehört als Ihr Eigentum, das soll ich mir wünschen? Sie müssen verrückt sein, Landauer! Was ist denn in euch alle gefahren?«

Der Hundemann hielt nur mit Mühe den Hund zurück.

»Hilf mir, Carl«, jammerte Wenzel.

»Jeder macht's gern mit ihr, Carl«, höhnte der Herr Landauer. »Ich kann den Ginger nicht mehr lange halten. Du wünschst dir eben dabei etwas für mich, Carl … ist doch nicht schwer … Ein Akt der Nächstenliebe!«

Da entglitt dem Herrn Landauer die Hundeleine. Der Gingerhund riß sich los. Carl stieß Wenzel zu Boden, der Hund sprang über sie hinweg – und über das Geländer. Stürzte in die Schlucht.

Nun war der Herr Landauer kein Hundemann und kein Hundsmann mehr. »Was ich nicht bekomme, soll keiner bekommen!« Stieg in seinen Wagen und brauste davon.

Da fielen sich Carl und Wenzel in die Arme. Der Mariahund drängte sich dazwischen.

»Carl, wenn du mir einen Gefallen tun willst, dann versuch zu fliehen!« Der forsche Gendarm hielt eine

Handgranate in der einen, das Gewehr in der anderen Hand. Carl und Wenzel hatten gar nicht bemerkt, daß das Gendarmerieauto neben dem LKW gehalten hatte.

»Bitte, Carl, tu, was er will«, sagte der Schüchterne. »Der erschießt dich. Das tut er.«

Der Forsche legte Carl die Handschellen an. »Du kommst auch mit«, sagte er zu Wenzel.

Der Bürgermeister sprach beinahe feierlich.

»Carl, das Verhalten vom Landauer sollte dir eigentlich klar machen, was mit uns hier geschehen ist. Du weißt, ich habe in deiner Sache immer Partei für dich und gegen ihn ergriffen.«

Der Bürgermeister hatte die Gendarmen gebeten, vor seinem Büro zu warten. Er wollte allein mit Carl sprechen.

»Er hat den Wenzel bedroht«, sagte Carl, »er hat Frau Moor bedroht. Kein Mensch weiß, was mit Maria ist … Was ist in euch gefahren!«

»Niemand glaubt ernsthaft, daß du der Maria etwas angetan hast, Carl. Wenn du meine Meinung wissen willst: Ich glaube, sie ist einfach auf und davon. Und weißt du was: Sie hat recht. Letztlich hat sie recht.«

Und dann erzählte der Bürgermeister von Anfang an. Auch welchen Unsinn er selbst sich gewünscht hatte, erzählte er.

»Man ist halt das Wünschen nicht gewöhnt, verstehst du, Carl? Ich dachte, Frau Moor bringt unserem Dorf Glück. Aber sie hat Unglück gebracht, Unfrieden, Haß. Geh zu ihr, wünsch dir, daß alles wird, wie es war, daß wieder alles gut wird mit uns. Dann wir auch Maria wieder zurückkommen, davon bin ich überzeugt. Ich bürge dafür. Ich habe Vertrauen zu dir, Carl.«

Wenn es so ist, dann ist das Dorf verloren, dachte Carl. Sie meinen, ich hätte noch einen Wunsch frei. Dann ist das Dorf verloren. Er schüttelte den Kopf. »Man macht Irrsinn mit Irrsinn nicht wieder gut.«

Der Bürgermeister seufzte. Schließlich erhob er sich entschlossen. »Dann bete, daß man Maria findet.« Und in lautem Befehlston: »Abführen!«

»Wie gesagt, Carl«, sagte der Forsche und hielt Carl eine Pistole an die Nase, »mein Vorschlag bleibt aufrecht: Wenn du fliehen willst …«

Carl wurde in den Kotter gestoßen. Durch das kleine Fensterchen konnte er hinaus auf den Marktplatz schauen, konnte den Wal sehen.

In dieser Nacht kam Maria zu dem alten, vertrockneten Wal, zum Unfisch auf dem Marktplatz. Und sie fragte ihn, was denn jetzt geschehen soll.

Und der Wal fragte sie: »Ist es denn so schlecht, ein Tier zu sein, Maria?«

»Es geht«, sagte sie. »Aber ich möchte eigentlich nicht mehr.« Und sie klagte: »Warum bist du ausgerechnet bei uns gelandet? Und warum ist die Frau Moor ausgerechnet am Tag meiner Hochzeit in unser Dorf gekommen?«

Der Wal sagte, noch sei nicht jeder Mann bei ihr gewesen, noch bestehe Hoffnung.

Da trat Sophie Moor aus dem Maul des Wals. Sie beugte sich zu der Hündin nieder. »Komm«, sagte sie. »Komm zu mir in den Bauch des Wals.«

Geh mit ihr, kleine Maria, für deinen Bräutigam kannst du im Augenblick nichts tun.

Es herrschte große Aufregung. Die Leute hatten zu essen und zu trinken mitgebracht. Es waren die Kandidaten, die für diesen Tag ausgewählt worden waren. Sie warteten mit ihren Angehörigen, bis sie an der Reihe waren. Die beiden Gendarmen standen Wache. Damit sich keiner vordrängte.

»Ich habe gedacht, die fallen über uns her, wenn sie erfahren, daß es nur einmal geht«, sagte Hoffmann zum Bürgermeister.

»Kann immer noch kommen … kann immer noch kommen …«

Frau Johler wartete im Gemeindeamt.

Der Bürgermeister drehte sich unwirsch um, als er sie sah. »Bitte, liebe Frau Johler, ich habe jetzt keine Zeit!«

Aber Frau Johler hielt ihn am Ärmel fest. »Wo sollen wir denn schlafen? Sie können das doch nicht zulassen! Der Landauer hat unsere Sachen auf die Straße gestellt.«

»Ich kann Ihnen nicht helfen. Lassen Sie mich doch los!«

»Und unsere Maria ...«

Der Bürgermeister hatte schon sein Büro betreten.

»Ich brauche eine Liste von jedem, der noch nicht bei ihr war«, sagte er zum Sekretär. »Wir müssen einen davon überreden, daß er alles wieder rückgängig macht ...«

»Auf den Weltfrieden ist in dem Fall wohl gepfiffen«, sagt der Mann zu seiner Frau.

»Wenn's nur einmal geht, dann kann bei Gott niemand von dir verlangen, daß du dich für den Frieden opferst.« Sagt die Frau zum Mann.

Er ist der nächste ...

Ein Wunder, ja. Ein Glück, ja. Aber ein geiziges Glück. Und das ist vielleicht sogar schlimmer als ein Unglück. Wäre das Glück nur ein wenig großzügiger, dann wären sicher auch großzügige Wünsche Wirklichkeit geworden. Der Weltfriede ... – Aber so!

Ein anderer Mann will sich vordrängen. Der forsche Gendarm drückt ihm die Waffe zwischen die Beine. »Wär' doch schad drum, so knapp vor dem Ziel.«

Aber seht: Noch konnte Freude anstecken. Noch konnten sich die Menschen am Glück eines kleinen Mechanikers freuen.

Er verläßt soeben glückstrahlend den Wal. Vor ihm steht ein Motorrad. Hat er sich gewünscht, hat er bekommen. Die Leute applaudieren. – Wenn es bei dem geklappt hat, klappt es bei mir auch. – Unter Jauchzen fährt der junge Mann davon.

»Fertigmachen!« sagt der Sekretär. Nun ist der Weltverbesserer dran, der auf den Weltfrieden pfeift.

Das Herz des Wals leuchtet auf. Die Fassade der Metzgerei explodiert. Kein Barock mehr im Dorf.

»Weil ich keine Angeber leiden kann«, sagt der Weltverbesserer. Auf den Weltfrieden hat er gepfiffen.

Wer weiß, vielleicht bringt der heilige Mann das Heil zurück?

Der Pfarrer, eingehüllt in seinen schwarzen Talar hat das Durcheinander nach der Explosion genützt, um den Wal zu betreten.

»Sind Sie angezogen?« fragt er.

Sophie antwortet nicht.

»Etwas ganz Unglaubliches muß ich Ihnen erzählen«, sagt der Pfarrer. »Es ist ein Traum … Ich habe geträumt, daß ein böses Tier vom Himmel gefallen ist. Hören Sie mir zu? Ich weiß natürlich, das kann alles mögliche bedeuten. Aber Gottseidank habe ich die Erklärung gleich mitgeträumt … Wie fange ich bloß an … Also das Tier ist vom Himmel gefallen, und dann hat eine Stimme gesagt …«

Sophie Moor, die Zauberin, die Hexe, dreht sich zu ihm hin. Ein wenig nur verzieht sich ihr Mund zu einem Grinsen.

»Ich wünsche mir ein sichtbares Zeichen von Heiligkeit«, sagt der Herr Pfarrer.

Der Bürgermeister klopft an die Tür der Sakristei.

»Hochwürden!«

Er bekommt Antwort: »Ich habe keine Zeit. Man soll mich in Ruhe lassen!«

»Es ist notwendig, Herr Pfarrer. Sie sind ein heiliger Mann. Sie müßten doch am besten wissen, was Opferbereitschaft heißt. Sie müssen unser Dorf retten, Hochwürden!«

Das Glück ist geizig, und dennoch will es jeder haben …

Der Pfarrer schwebte. Er schwebte ungefähr dreißig Zentimeter über dem Boden der Sakristei. Er preßte sich mit den Händen in den Türrahmen und hangelte sich auf diese Art zu Boden. Dann nahm er die Hände vom Türrahmen. Langsam hob er sich wieder vom Boden ab. – Ein sichtbares Zeichen von Heiligkeit.

»Verdammte Scheiße!«

Hoffmann und der Bürgermeister saßen vor dem Wal und schauten auf den leeren Platz.

»Und jetzt?«

»Keine Ahnung.«

Da sahen sie Herrn und Frau Johler.

»He, Hoffmann«, zischte der Bürgermeister. »Er, er war noch nicht bei ihr …«

»Nein«, sagte der Sekretär und schaute in seine Liste, »nein, er war noch nicht.«

»Mein lieber Herr Johler«, rief der Bürgermeister. »Warten Sie! Unser lieber Herr Johler!«

»Bitte, Herr Bürgermeister«, sagte Frau Johler, »lassen Sie uns in Frieden!«

Sophie saß auf dem Bett, die Hündin saß neben ihr.

Es klopfte. Sophie führte die Hündin nach hinten, öffnete die Tür zum Schrank. »Du wartest hier!« Die Hündin schlüpfte hinein.

»Es ist offen!«

Herr Johler trat ein.

Hoffmann legte seine Listen aus der Hand.

»Man kann nicht vom Schwächsten verlangen, daß ausgerechnet er ein Opfer bringt«, kommentierte der Bürgermeister bitter.

»Damit ist die Sache beendet«, sagte Hoffmann und fiel vom Stuhl. Kraft bis zum Umfallen hatte er sich gewünscht. Ein guter Mann, der Hoffmann.

Frau Johler wartete auf ihren Gatten. Als er dann kam, schaute er sich unsicher um. Sie winkte ihn zu sich. Sie küßte ihn verstohlen, nahm ihn am Ärmel.

»Nein«, sagte er. »Wir werden dem Landauer die Miete nicht zahlen können.«

Erst schaute sie bestürzt. Dann lächelte sie glücklich, hängte sich bei ihm ein: »Ach, die Aufregung … Sei nicht traurig. Das kann jedem Mann einmal passieren.«

»Das ist es nicht … Ich hab' mir etwas anderes gewünscht.«

»Etwas anderes! Mein Gott!«

»Ich hab' mir gewünscht, daß unsere kleine Maria wiederkommt.«

»Endlich!« Sophie und Maria umarmen sich im Bauch des Wals.

»Ich möchte zu Carl«, sagt Maria.

Der Herr Bürgermeister, dieser verantwortungsbewußte, verantwortungsvolle Mann, er hatte dann tatsächlich doch eine rettende Idee …

Eine Prozession zieht auf den Platz. Jeder im Dorf geht mit. Die Blaskapelle marschiert voran. Die Männer haben ihre schönsten Anzüge an, die Frauen ihre schönsten Kleider.

Auf einem Thron sitzt Wenzel. Seine Stirn ist mit Blumen geschmückt. Er wird getragen. Er ist der Held des Tages. Neben ihm, vom Bürgermeister an der Hand gehalten, damit er nicht davonfliegt, schwebt der Pfarrer.

Der Bürgermeister steigt feierlich auf die Plattform vor dem Wal.

»Wir haben schwere Schuld auf uns geladen«, sagt er. »Ja, wir haben schwere Schuld auf uns geladen.«

Carl rüttelte an den Gitterstäben. Der schüchterne Gendarm hält Wache.

»Sie sind völlig verrückt geworden!« ruft Carl. »Das ist ja Wenzel! Ich muß hier raus! Laß mich hier raus!«

Plötzlich erscheint das Gesicht der Herrn Landauer am Fenster. »Sei froh, Carl, du hast es schön kühl dort unten. Hier draußen wird es bald heiß werden!«

Er entzündet zwei Brandfackeln. Dann verschwindet sein Bild.

»Laß mich raus!« schreit Carl.

»Ich habe einen Eid abgelegt … oder so etwas Ähnliches …« stammelt der Schüchterne. Aber er schließt die Zelle auf. »Mein Herz sagt mir, du bist im Recht, Carl. Möchtest du wissen, was ich mir im Wal gewünscht habe?«

»Später …«

»Ein gutes Herz habe ich mir gewünscht …«

Der Bürgermeister kommt inzwischen mit seiner Rede ans Ende. »… dafür werden wir dir, lieber Wenzel, ein Leben lang dankbar sein.« Er reicht dem Buben die Hand. Wenzel steigt von seinem Thron.

Der Bürgermeister überreicht ihm ein Kuvert. »Hier habe ich dir den genauen Wortlaut deines Wunsches aufgeschrieben. Du mußt ihn nur im richtigen Augenblick ablesen. Weißt du, was der richtige Augenblick ist, Wenzel?«

In diesem Moment stürmt Herr Landauer mit den Brandfackeln auf den Wal zu. Auch Carl kommt gelaufen. Er kann nicht mehr verhindern, daß der Herr Landauer die Fackeln auf den Wal wirft. Der alte, vertrocknete Unfisch fängt sofort Feuer.

Der Bürgermeister will mit Gewalt Wenzel in den brennenden Wal drängen. »Du kannst alles stoppen, Wenzel!«

»Carl! Carl!«

»Spring, Wenzel! Spring zu mir herunter!« ruft Carl seinem Bruder zu. Tumult bricht los. Die Leute zerren und rütteln am Wal. Ihr ganzer Jammer bricht aus ihnen heraus, ihre Hoffnungslosigkeit.

»Verbrennt die Hexe!« schreit Herr Landauer. »Sie hat uns ins Unglück gestoßen!«

Wer hat den Pfarrer festgehalten? Niemand weiß es. Deshalb kann auch keiner sagen, wer ihn losgelassen hat. Jetzt schwebt er hinauf in den Himmel …

Carl springt ins Maul des Wals.

»Frau Moor, Sie müssen hier raus!« ruft er.

Sophie Moor sitzt erstarrt auf ihrem Bett. Da erkennen sich Carl und Maria. Fallen sich in die Arme.

Der Unfisch brennt.

Was? Mehr gibt es nicht zu berichten von diesem Wiedersehen? Flossen zum Beispiel Tränen? Fielen irgendwelche Worte, die es wert wären, erwähnt zu werden? Oder haben Carl und Maria bloß jeder den Namen des anderen gerufen? Und Sophie Moor, die Zauberin – wie hat sie reagiert? Hat sie überhaupt reagiert? – Es ist eine Geschichte fürs Kino: lodernde Flammen auf der Leinwand, brausender Soundtrack aus den Lautsprechern ... Der Unfisch brennt!

Die Leute zerrten den brennenden Wal vom Platz, zerrten ihn aus ihrem Dorf hinaus, schoben ihn über den Abhang.

»Carl«, rief Wenzel. »Wünsch dir, daß du in den Himmel kommst!«

Der Unfisch raste ins Tal hinab. Brennend.

Carl und Maria halten sich aneinander fest. Er versucht, Sophie mit der Hand zu erreichen. Sophie nimmt seine Hand nicht.

Um sie tobt das Feuer.

Und am Ende seiner Fahrt fliegt der Unfisch über die Klippe und verlöscht im See. Feuer und Wasser mischen sich.

Was ist aus Sophie Moor geworden? Eine Zauberin hat sie werden müssen, ihr Leben hat sie geben müssen. Hat sie? Seht: Der Wal taucht auf! Lebendig ist er geworden, der Unfisch. Hat sich das Leben der Zauberin genommen und schwimmt auf und davon.

Wer hat einen Wal gesehen, der durch einen Gebirgsbach schwamm und weiter durch einen Fluß, in einen Strom und weiter ins Meer? In dessen Bauch eine Zauberin ihr Wesen trieb? Wer hat den Unfisch gesehen?

Carl und Maria schwimmen aus dem Maul des Wals. Der Wal spuckt sie aus. Sie klammern sich aneinander, umarmen sich und tauchen auf.

Ist nun alles wieder gut?

»Und wann jetzt?« fragt Carl und meint damit den Termin für ihre Hochzeit.

»Ich weiß nicht. Ich weiß gar nicht, ob ich überhaupt will«, sagt Maria.

»Aber ich weiß es«, sagt Carl.

»Ich nicht …«

Hört, was die Liebenden sagen: Es ist voll Widersinn. Aber spitzt die Ohren und lauscht in die Tiefe, dann versteht ihr vielleicht, was sie meinen. Denn was sie sagen, ist oft etwas anderes, als sie meinen.

Hört, was die Liebenden sagen: Es ist voll Widersinn. Aber spitzt die Ohren und lauscht in die Tiefe … Denn was sie sagen, ist oft etwas anderes, als sie meinen
(Eva Herzig als Maria und Andreas Lust als Carl)

Foto: Peter Korrak

Herr Landauer – den wir aus Sympathie für Carl den Hundemann nennen
(George Kern)

Foto: Peter Korrak

Plötzlich packte der Hundemann Marias Arm
und riß sie an sich. Maria wehrte sich, wollte ihn wegstoßen,
doch er krallte sich an ihrem Hochzeitskleid fest
(Eva Herzig und George Kern)

Foto: Peter Korrak

Carl und Sophie liebten sich. Sie lagen auf dem schmalen Bett,
auf dem der Schausteller ein Leben lang gelegen hatte …
Sophie sah über sich das Herz des Wals
(Maria Schrader als Sophie Moor und Andreas Lust)

Foto: Peter Korrak

Wenzel, Carls kleiner Bruder und großer Verbündeter
(Manuel Löffler)

Foto: Peter Korrak

Er hatte sich einen Tennisplatz hinter dem Haus gewünscht … Schaden konnte dieser Tennisplatz nicht, nein. Aber nützen konnte er auch nicht. Das Grundstück hinter dem Haus des Bürgermeisters war nämlich schief. Schöne Hanglage
(August Schmölzer als Bürgermeister)

Foto: Peter Korrak

Jodok, der Knecht. Wie wunderbar er seit kurzem Geige spielen kann!
Wo hat er das gelernt?
(H. M. Buttinger als Jodok)

Foto: Pedro Kramreiter

Ihr Gesicht war weiß wie Stein. Hingestreckt auf dem Bett im Bauch des Wals lag sie. Die Welt um sie herum wankte
(Maria Schrader)

Foto: Peter Korrak

Da trat Sophie Moor aus dem Maul des Wals. Sie beugte sich zu der Hündin nieder. »Komm«, sagte sie. »Komm zu mir in den Bauch des Wals.«
(Maria Schrader)

Foto: Peter Korrak

Der Pfarrer schwebte. Er schwebte ungefähr dreißig Zentimeter über dem Boden der Sakristei. – Ein sichtbares Zeichen von Heiligkeit
(Rudolf Wessely)

Foto: Peter Korrak

Hoffman und der Bürgermeister saßen vor dem Wal
und schauten auf den leeren Platz … Da sahen sie Herrn Johler.
»Mein lieber Herr Johler«, rief der Bürgermeister
(Von links: Rainer Egger, August Schmölzer und Karl Merkatz)

Foto: Peter Korrak

Oh, das war ein sturer Mensch, dieser Carl!
(Andreas Lust)

Foto: Peter Korrak

Wer hat den Pfarrer festgehalten? Niemand weiß es. Deshalb kann auch keiner sagen, wer ihn losgelassen hat. Jetzt schwebt er hinauf in den Himmel … Der Unfisch brennt

Foto: Peter Korrak

Dreharbeiten zu »Der Unfisch«: Drehbuchautor Michael Köhlmeier
bei einer Szenenbesprechung mit August Schmölzer

Foto: Peter Korrak

Dreharbeiten zu »Der Unfisch«: Das Set auf dem Dorfplatz
(links Produzent Norbert Blecha und Kameramann Michi Riebl)

Foto: Peter Korrak

Regisseur Robert Dornhelm

»Solche Sachen spornen mich natürlich an«

Robert Dornhelm im Gespräch mit Christian Seiler

Sind Sie mit Ihrem Film zufrieden?

DORNHELM: Witzigerweise bin ich das, und das ist beim mir ganz selten. Ich bin zufrieden, weil es mich so positiv überrascht, wie Leute, von denen ich es am allerwenigsten erwartet hätte, den Film mit Schmunzeln und Wohlgefallen aufnehmen.

Der »Unfisch« ist nicht nur ein zeitloses Märchen. Der Stoff, den Sie gerade verfilmt haben, beruht auf einem Projekt, das Michael Köhlmeier und Sie seit vielen Jahren verbindet.

DORNHELM: Angefangen hat »Der Unfisch« mit einer ganz düsteren Geschichte zwischen Harald Kloser [Vorarlberger Journalist und Musiker, der den Soundtrack zu »Der Unfisch« komponierte. Anm.], Michael Köhlmeier, dem Drehbuchautor, und mir. Köhlmeier hatte damals erst ein oder zwei Romane geschrieben, und mir hat sein Schreiben sehr gut gefallen. Harald hat mir gesagt, er würde Köhlmeier gern nach Los Angeles einladen, wo wir damals wohnten. Er hätte da so eine furchtbare Geschichte von einem jugoslawischen Gastarbeiter, der in Vorarlberg im Gefängnis sitzt wegen eines Mordes, den er nicht begangen hat. Er sei verurteilt worden, nur weil er nicht Deutsch könne und weil sich die Leute nicht um ihn gekümmert hätten, und man müsse irgendwas für ihn tun. Das sei so eine tolle Geschichte, ein Jugoslawe im Begrenzerwald. Und man sollte über die Gerichte und die Mentalität dort einen tollen Film machen.

Wie kam Köhlmeier dazu?

DORNHELM: Kloser hat Köhlmeier engagiert, damit er mit mir zusammen ein Drehbuch draus macht. Ich hab' damals ein

Haus an der Pazifikküste bewohnt, und wir saßen da bei mir am Strand, es war Sonnenuntergang, und wir haben Martinis getrunken und über diesen Prozeß in Vorarlberg debattiert. Das war irgendwie absurd. Plötzlich kam uns der Gedanke: Wäre es nicht vernünftiger, dem Betroffenen direkt zu helfen, anstatt um viel Geld einen Autor nach L.A. einzufliegen?

Wie wurde daraus schließlich der »Unfisch«?

DORNHELM: Wir hörten natürlich nicht auf, über Geschichten zu reden. Ich erinnerte mich zum Beispiel an ein paar Volksmärchen, die mich beeindruckt hatten, zum Beispiel an das Märchen vom Fisch, der Wünsche erfüllt, nachdem ihm der Fischer das Leben geschenkt hat. Und Köhlmeier hat beteuert, es gebe da eine Geschichte, die er erzählen wolle. Da gab's damals gerade eine Prostituierte, die aus Vorarlberg verjagt wurde, weil der Pfarrer mit all den unmoralischen Dingen, die im Dorf passiert sind, aufräumen wollte. Und kaum war die Dame weg, entstand im Dorf Streit und Mißmut. Sogar die Ehefrauen sagten, es sei viel besser gewesen, solange die Hure da war. Da hätten die Ehemänner wenigstens eine Ruh' gegeben, und man habe viel weniger gestritten. Dann sind die Ehefrauen in die Stadt gefahren, um sie zu überreden zurückzukommen, damit wieder Frieden einkehrt. Aber die Frau hat sich geweigert. Diese beiden Geschichten haben wir gedreht und gewendet, und plötzlich wurde der kleine Fisch aus dem Märchen zu einem Walfisch, und wir haben so lange weitergeblödelt, bis sozusagen der Unfisch geboren war.

Woher kommt der Titel? Was heißt »Unfisch«?

DORNHELM: In einer frühen Version gab es eine Erzählerfigur, die war ein Kind. Das Kind erinnert sich daran, wie das alles in den sechziger Jahren passiert ist. Dieses Kind sagt am Anfang des Films: »Da war so ein Fisch, wo die Leute ins Maul gestiegen sind und hinten sind sie wieder raus. Tagsüber gab's die Vorstellung für die Familie und am Abend nur für die Herren.« Dann sagt der Lehrer zum Kind: »Ein Wal ist doch kein Fisch!« Darauf das Kind: »Gut, also dieser Unfisch …«, und das ist übriggeblieben. Und hat dann noch allerhand Wandel erlebt. Die letzten paar Jahre lag das Drehbuch unter dem Titel »Sofies Wal« herum – den Titel konnten wir aber nicht verwenden, weil uns »Sofies Welt« dazwischenkam. Es gab dann noch eine Reihe von anderen Titeln, und viele Leute versuchten mich zu überreden, »Unfisch« nicht als Titel zu nehmen; das sei ein Negativtitel. Der Film sollte auf englisch «Tale of a Whale« oder «Whale-Tale« heißen, aber ich hab' dann entschieden: Wir haben das Projekt als »Unfisch« begonnen und machen es jetzt unter diesem Titel fertig.

Sie haben eine gute Hand für Titel. »Echo-Park« zum Beispiel war ein hervorragender Titel.

DORNHELM: Ist ein guter Titel, ja. Filmtitel sind wichtiger, als man glauben würde.

Wie lange ist das her, daß Sie Martinis trinkend am Strand saßen, und plötzlich ist der »Unfisch« aufgetaucht?

DORNHELM: Zehn Jahre. Wir waren dann sehr begeistert, und ich hab' gesagt: Das ist doch eine gute Prämisse, wir versuchen den Film gar nicht erst auf deutsch zu drehen, sondern wir machen gleich eine englische Fassung. Der Michael soll's schreiben, und ich laß es sofort übersetzen und versuch', die Geschichte in Amerika zu verkaufen. Und tatsächlich hat's den Leuten gut gefallen. Es war damals gerade der Anfang der Aids-Epidemie. *New Line Cinema,* eine sehr große Firma, hat gesagt: Okay, wenn wir das machen, müssen wir in das Maul des Wales einen Präservativ-Apparat hängen, denn sonst ist die Story unverantwortlich. Und mir ist plötzlich alles runtergefallen – nein, das geht nicht, der »Unfisch« ist ja kein Sexfilm! Sex ist wohl ein Bestandteil des Films, aber wenn's primär darum gehen soll, dann ist das nicht meine Abteilung. Dann ist die ganze Poesie weg.

Nun ist der »Unfisch« nicht einmal ein erotischer Film, sondern eine metaphorische Geschichte.

DORNHELM: Sollte es sein, ja. Die ersten Verhandlungen scheiterten also, aber bald waren neue Produzenten und Geldgeber interessiert. Und jedesmal sollte die Geschichte in einem anderen Land spielen. Das erste große Interesse kam aus Bayern. Die bayerischen Produzenten hatten aber, glaube ich, mehr einen Sexfilm im Sinn, wie früher in den sechziger Jahren, mit Lederhosen und Bergen – auch ich habe ja diesen Film am Anfang viel alpiner gesehen. Ich hab' das Projekt immer mit den Werken von Malern verglichen. Die erste Fassung war zum Beispiel den Bildern Caspar David Friedrichs nachempfunden, dann sind wir übergegangen zu Chagall; je nachdem, wo die Verfilmung angesiedelt war, war es mehr ein Aquarell oder mehr ein Ölgemälde mit hoch aufragenden Felswänden im Gegenlicht. Das hatte ich eigentlich am Anfang im Sinn, ich wollte so etwas Germanisches, Romantisches …

Salzkammergutmäßiges?

DORNHELM: Richtig, oder die Tiroler Alpen oder die Dolomiten. Es ist verrückt, denn die Berge haben für mich etwas Erdrückendes und Wahnsinniges. Sie bringen die Gefahr so gut zum Ausdruck. Ich konnte mir das sehr schön vorstellen, mit Wetter und Wetterleuchten, und wußte, wie ich das Genre ein bißchen persiflieren wollte. Obwohl, wenn sie richtig eingesetzt sind, kann man gegen schöne Berge ja nichts sagen.

Man muß nur an die Bilder von Segantini denken …

DORNHELM: Segantini war auch mal im Gespräch, aber die Geschichte veränderte sich je nachdem, wer gerade die Partner waren. Die nächsten saßen nämlich in Frankreich, so daß die entsprechende Fassung die ›Chagallfassung‹ geworden ist, dann ging's wieder zurück nach Amerika, und dort verhandelten wir mit einem brasilianischen Produzenten. Da haben wir gesagt, eigentlich hat die Geschichte mit Südamerika genauso viel zu tun wie mit den Alpen. Ihre Charaktere sind auch in anderer Umgebung glaubwürdig. Und tatsächlich haben wir sofort einen der besten brasilianischen Produzenten gefunden, dem die Idee gut gefallen hat. Die wollten den »Unfisch« in Brasilien machen.

Woran ist das gescheitert?

DORNHELM: Die amerikanische Firma, die die Geschichte schließlich realisieren sollte, hat das Drehbuch nicht gemocht.

Köhlmeier hat das Drehbuch so schnell geschrieben?

DORNHELM: Jaja, sofort. Er ist ein sehr schneller Schreiber. Die erste Fassung hat er in ein paar Wochen geschrieben. Wir hatten dann eine sehr gute Übersetzung, und die ist auf der ganzen Welt herumgereicht worden. Alle waren von der Idee und den Figuren begeistert, aber sie sagten, die Dramaturgie hinkt. Die Geschichte sei zu kompliziert. Und es sei eigentlich eher ein Film zum Zuschauen und nicht zum Mitfühlen.

Sie persönlich waren aber mit dem Drehbuch zufrieden?

DORNHELM: Ich war nicht zufrieden. Ganz zufrieden bin ich eigentlich nie, weder mit Büchern, erst recht nicht mit meiner Arbeit und dem fertigen Film. Ich hab' immer unwahrscheinlich viel auszusetzen und zu kritisieren. Knapp vor Drehbeginn habe ich mir inniglich gewünscht, daß ich krank werde, so krank, daß ich den Film gar nicht machen kann. Dann hab' ich zu mir gesagt: Du hast nur Angst. Jetzt mach's endlich. Und wenn's danebengeht, dann ist es halt danebengegangen.

Das scheint ein fatalistischer Zugang zu sein. Haben Sie das in Hollywood gelernt?

Dornhelm *(lacht)*: In Amerika wäre ich nach drei Tagen entlassen worden, wenn die Dinge nicht irgendwie Sinn gemacht hätten. Es geht beim Film schließlich immer um relativ viel Geld, auch wenn wir nicht nach amerikanischen Verhältnissen produziert haben. Ein normaler Spielfilm amerikanischer Machart, mit dem wir im Kino verglichen werden, würde allein für die Projektentwicklung so viel kosten, wie wir für den ganzen Film ausgeben.

Wie hoch war Ihr Budget?

DORNHELM: Um die 30 Millionen Schilling [ca. 4,3 Mio. DM].

Soviel kriegt Joe Esterhaz [der Drehbuchautor von »Basic Instinct«. Anm.] für ein Treatment.

DORNHELM: Der kriegt zwei Millionen Dollar, glaub' ich, und da kommen noch jede Menge Entwicklungskosten dazu: für Rechte, Verträge, Anwälte, Produktion – also um das ganze Projekt industriereif zu kriegen.

Schließlich landete das Projekt in Österreich.

DORNHELM: Norbert Blecha [der Produzent von »Der Unfisch«. Anm.] hat gesagt, er macht das. Doch ich hab' vergessen, die rumänische Version zu erwähnen. Da gab's zwei deutsche

Produzenten, die vor fünf, sechs Jahren in Rumänien produziert haben. Wir sind hingefahren, um zu schauen, wie sie arbeiten, und uns war sofort klar, daß wir bei diesen minimalen Produktionskosten den Film enorm günstig drehen könnten. Aber dem stand plötzlich die Moral unserer Geschichte entgegen, daß die menschliche Gier rasch ins Unheil umschlagen kann. Wenn der Film erkennbar in Rumänien angesiedelt gewesen wäre, hätte das auch heißen können: Ihr Rumänen habt es unter dem Kommunismus viel besser gehabt! Ihr braucht keine materiellen Wünsche zu haben! Gebt euch mit einfachen Dingen zufrieden, ihr braucht keine neuen Waschmaschinen usw.

Das wäre Ihnen zynisch vorgekommen.

DORNHELM: Das wäre sehr zynisch gewesen. Obwohl mir die rumänische Location, im nachhinein gesehen, sehr gut gefallen hätte, diese völlig archaische, alte Welt. Die Gegend, in der wir schließlich gedreht haben, im Voralpenland südlich von Wien – in Wiener Neustadt, im Semmeringgebiet und auf dem Schneeberg –, ist zum Original nicht ganz stimmig. Unser Architekt Christoph Kanter, der die Kulissen gebaut hat, sprach immer von der tirolisch-rumänischen Mischung. Am Ende ging's dann mehr und mehr in Richtung Rumänien, ganz einfach wegen der Kosten.

Es gibt also in Wahrheit zwei Erzählungen – den »Unfisch« und die Geschichte seiner Realisierung.

DORNHELM: Ja. Der Stoff hat merkwürdige Investoren angezogen, keine normalen Filmfinanciers, sondern irgendwie ausgefallene. Die sind dann der Reihe nach entweder gestorben, bei Verabredungen nicht erschienen oder einfach verschwunden …

Sie erfinden das gerade?

DORNHELM: Nein! Ich bekam immer Anrufe von Norbert Blecha: Du, ich sitze seit vier Tagen in meinem Hotel in New York und warte, daß ein Mann eine Million Dollar in bar vorbeibringt.

Welcher Mann wollte eine Million Dollar investieren?

DORNHELM: Irgendein Grundstückspekulant in Florida. Die nächste Verabredung sollte in der Schweiz, in Diepoldsau, stattfinden, nachdem es in New York nicht geklappt hatte. Doch ich kriege in Los Angeles einen Anruf: Du, der kommt nicht, ich versteh' das nicht. Um es kurz zu machen, auch diese Sache hat nicht geklappt. Dann tauchte der Marathonläufer auf.

Welcher Marathonläufer?

DORNHELM: Auch so ein Mann, der investieren wollte. Ein Wiener. Der hatte eine Freundin in Bratislava, die er von Wien aus immer besuchen lief und dabei gleich trainierte. Als nächstes wollte er Amerika laufend durchqueren. Ein berühmter Mann! Er war immer viel in den Zeitungen, es gibt ihn wirklich! Der hatte schon früher einen Architekten kennengelernt, der einen so großen Wal, wie wir ihn brauchten, tatsächlich gebaut hat.

Einen lebensgroßen Requisiten-Wal für einen Film?

DORNHELM: Ja, aber auch daraus ist nichts geworden. Das wäre ein anderer Film geworden, eine Art Moby Dick. Den Wal hat dann irgendein Restaurant gekriegt, ich glaube, ein Fischrestaurant ... und dann ist der Wal sowieso gestohlen worden.

Gestohlen?

DORNHELM: Tatsächlich! Der Wal wurde gestohlen, und dann haben die Diebe irgendwelche Diebsbeute darin versteckt, anschließend gab's eine Verfolgungsjagd und ein Riesen-Polizeiaufgebot, und dann mußte der Wal zurück ... Mittlerweile hatte man für uns einen neuen Wal gebaut. Der stand dann in einer Abstellhalle des Flughafens von Bratislava, ein schneeweißer, riesengroßer Wal zwischen all den Flugzeugen.

Ist das dokumentiert?

DORNHELM: Ja, es gibt auch Fernsehberichte darüber. Natürlich fingen wir nicht zu drehen an, und dann hieß es plötzlich: Holen Sie endlich Ihren Wal ab. Damals herrschte in der Slowakei bereits die freie Marktwirtschaft, so daß wir dem Flughafen eine enorme Lagergebühr zahlen sollten: circa 15.000 Schilling im Monat. Knapp zwei Jahre war der Wal schon dort, 300.000 Schilling waren zu zahlen, sonst hätten die den Wal beschlagnahmt. Man hat sich dann auf eine Summe geeinigt, und wir haben den Wal unter Polizeischutz nach Wien geholt.

Die Grenzer dachten, daß wir etwas nach Österreich schmuggeln würden. Die haben den Wal tatsächlich von Polizeihunden beschnuppern lassen. Er ist stundenlang an der Grenze hängengeblieben, der Wal. Dann wurde er vor dem Wiener Rathaus abgestellt.

Sie sprechen jetzt von welchem Jahr?

DORNHELM: Michael Häupl war noch nicht Bürgermeister, das war vor drei, vier Jahren [1993. Anm.]. Der Wal ist dann nach Wiener Neustadt gebracht worden; dort stand er in einer Halle, und dort blieb er einen Sommer, einen Winter, noch einen Sommer. Dann sind es einige Sommer geworden. Inzwischen war er grau geworden. Dann wurde ein neuer Architekt engagiert, dem der Wal überhaupt nicht gefallen hat, und der hat ihn umgebaut.

Wie hat der Produzent auf die Existenz eines ergrauenden Wals reagiert?

DORNHELM: Ich hab' ihm geraten, im Wal einen Fischladen zu eröffnen. Da hätte er selber aus dem Maul des Wals bedienen können, Rollmöpse verkaufen, nicht Kaviar – dazu war der Wal mittlerweile zu schäbig *(lacht)*. Auf jeden Fall muß man dem Norbert Blecha zugute halten, daß er immer an das Projekt geglaubt hat. Schließlich hatte er ja für österreichische Verhältnisse bereits viel investiert.

Zu diesem Zeitpunkt waren schon ein paar Millionen Schilling ausgegeben?

DORNHELM: Ja, vielleicht zwei. Und dann kamen wieder deutsche Interessenten und sagten: Das Buch muß umgeschrieben werden. Ich sagte: Micki, einmal machen wir's noch. Köhlmeier aber meinte: Ich hab' keine Zeit, außerdem will ich nicht mehr.

Wie überzeugten Sie ihn dann?

DORNHELM: Ich sagte: Hör zu, die Punkte, die sie monieren, sind eigentlich alle legitim.

Was störte die Deutschen?

DORNHELM: Falsche Dramaturgie: Wessen Geschichte ist es? Warum tun die Figuren, was sie tun? Mit wem fühlen wir mit? Was will das Publikum? Lauter berechtigte Fragen. Natürlich muß nicht jeder Film so aufgebaut werden wie eine klassische Fernsehgeschichte oder ein klassisches Drama, aber eigentlich waren das legitime Fragen. Also sagte ich: Gut, wenn du nicht mehr willst, nehmen wir einen neuen Drehbuchautor.

Wer war das?

DORNHELM: Es war ein Dramaturg, der für Leo Kirch gearbeitet hatte und dem hat das Drehbuch ausgezeichnet gefallen. Er meinte aber auch, es hätte gewisse Schwächen, und wenn man es ein bißchen verändern könnte, würde es ein ganz toller, klassischer Stoff werden. Was er sagte, klang sehr gut. Aber dann ist er ambitioniert geworden und hat gesagt, er möchte ein bißchen mehr umschreiben, die Geschichte sei doch noch nicht so weit, er könne nicht durch zwei, drei Kniffe das Drama verbessern. Als ich dann die nächste Fassung von ihm las, hat es mir die Schuhe ausgezogen. Es war genau der Film, den ich nicht machen wollte. Ein Sexfilm, mit dem ich nichts anfangen konnte. Ein Fehltritt; es war, als hätte ich eine Affäre mit einer Frau gehabt und gemerkt, daß ich meine ursprüngliche Frau viel mehr liebe. Deswegen habe ich mich über meine Untreue auch immer so geärgert, obwohl sie von Michael Köhlmeier bewilligt war. Die beiden haben sich sogar angefreundet. Es handelte sich also nicht um ein Hinterrücks-Umschreiben, wie es in Amerika an der Tagesordnung ist. Überhaupt bei den Erfolgsfilmen. Bei »Tootsie« zum Beispiel gab es, glaube ich, sieben Autoren.

Der Wal aber stand noch in Wiener Neustadt.

DORNHELM: Ja. Und dann sagte mir die Wiener Filmförderung, daß sie uns noch eine Saison Zeit gibt. Wenn wir den Film nicht in diesem Jahr drehen, dann würde man das Projekt so behandeln, als wäre es nie eingereicht worden.

Was hat Sie schließlich überzeugt, den Film tatsächlich zu machen? Der Stoff oder die Freundschaft zum Autor?

DORNHELM: Ich liebe diesen Stoff. Ich habe das Drehbuch zwar oft zornig zur Seite geschoben, wenn wieder ein Jahr vergangen und wieder nichts geschehen war. Da sagte ich: Das verdammte Buch geht halt nicht, das ist irgendwie verflucht. Auch alle meine Freunde rieten mir ab: Das kann nicht gutgehen, das ist ein programmierter Flop. Solche Sachen spornen mich natürlich an. Ich habe in der Zwischenzeit sechs, sieben andere Filme gemacht und immer wieder Angebote gekriegt. Die Bücher, die man mir anbot, hatten nur einen Haken: Sie waren so was von unoriginell und langweilig, daß ich nach der fünften Seite schon wußte, wie's weitergeht. Also das Gegenteil von diesem Buch. Ich kam also immer wieder darauf zurück und sagte mir: Dieser verdammte Unfisch, eigentlich sollte ich ihn nicht liegen lassen. Und ich holte ihn wieder aus der Schublade heraus, aber erst knapp vor Drehbeginn bin ich draufgekommen, wie schwierig die Umsetzung des Buches wirklich ist.

Was machte Ihnen die meisten Sorgen?

DORNHELM: So viele Personen … die Logistik … Im Sommer sind in Österreich alle Schauspieler auf irgendwelchen Festspielen zwischen Reichenau und Bregenz engagiert. Hinzukriegen, daß alle anwesend sind, wenn man sie braucht, daß das Wetter paßt und daß die Anschlüsse stimmen – das war ein Alptraum. Von der Produktionsseite her, von der Zeit, vom Budget her und überhaupt von allem, was wir wollten. Es war ein ganz, ganz schwieriger Dreh.

Wirklich? Ich stelle mir vor, daß es gleichzeitig anspornend und deprimierend ist, wenn ein Film schon so poetisch losgeht. Köhlmeier macht's sich ja einfach, er ist ein Dichter und schreibt etwas unglaublich Schönes hin. Ich dachte mir beim Anschauen des Films: Er schraffiert mit Kohle ein paar Umrisse, und Sie als Regisseur müssen diese dann bis ins Detail ausarbeiten. Das ist fast nicht möglich.

DORNHELM: Ich habe gewußt, daß ich mich auf Köhlmeier als Erzähler verlassen kann. Aber daß seine Stimme jetzt die Handlung des Filmes mitträgt, war eigentlich ein Zufall. Ursprünglich wollte ich nur, daß mir Michael bei den Dreharbeiten hilft. Ich wollte seine Stimme als Orientierung beim Schneiden benutzen. Diese provisorischen Tonspuren habe ich dann belassen.

Das Erzählen macht sicher viel von der Stimmung des Filmes aus.

DORNHELM: Ja. Aber ein Erzähler aus dem Off ist eigentlich kein *filmisches* Mittel. Das ist so, als würden wir den Zuschauer an der Hand nehmen und durch die Geschichte führen. John Ford hätte mich dafür geohrfeigt. Denn mit der Verwendung eines Sprechers gibst du zu, daß das Buch nicht für sich spricht.

Im konkreten Fall ist es aber durchaus inspirierend. Das macht doch zum Teil die Spannung zwischen dem Bild und der Wirklichkeit der Geschichte aus.

DORNHELM: Zum Teil hat Köhlmeier die Texte nach dem Schnitt verfeinert, oder wir sind auf Fehler draufgekommen und haben ein bißchen umgeschnitten. Aber im großen und ganzen habe ich bereits vor Drehbeginn gesagt: Du wirst das so machen müssen, es gibt keinen anderen Weg. Aber da ich Köhlmeier als Verfasser von Sprechertexten kannte, wußte ich, daß ich mich auf ihn verlassen kann.

Es kommt Köhlmeier natürlich stark zugute, daß er die klassischen Sagen für den Österreichischen Rundfunk erzählt hat und daher den Umgang mit Wundern so selbstverständlich beherrscht. Der Film versucht, auch in der Welt der Wunder realistisch zu bleiben.

DORNHELM: Man hätte die Wunder natürlich viel realistischer zeigen können. Im digitalen Zeitalter ist das einfach und billig. Daß eine Frau zum Hund wird, hätte ich unmißverständlich darstellen können – so, daß alle sofort gesehen hätten, was gemeint ist …

Gerade diese Verwandlung ist eine sehr schöne Szene, nicht zuletzt, weil sie vom Zuschauer ein wenig Phantasie und Einfühlungsvermögen verlangt.

DORNHELM: Ja. Ich hätte das Wunder sozusagen auch filmisch aussprechen können. Doch damit hätte der Film irgendwie seine Unschuld verloren. Der Schnitt schien mir ein legitimeres Mittel, das Wunder zu vermitteln.

Hatten Sie in diesen Momenten Angst, daß Ihnen Köhlmeier die Latte zu hoch legt?

DORNHELM: Ich habe ihn ja wirklich dafür gehaßt, daß er mir dieses furchtbare Ei gelegt hat, und ich sollte es ausbrüten. Daher habe ich auch deutlich gesagt: Du, wenn es nicht funktioniert, ist das *dein* Film. Ich dreh' ihn nur, weil ich keine andere Wahl mehr habe.

Kann ein Regisseur so stark an seinen Erzähler glauben, daß er ihm eine dramaturgisch fehlerhafte Geschichte abnimmt?

DORNHELM: Was alle Fehler wettgemacht hat, ist Köhlmeiers Phantasie und seine schöne Sprache. Und die Originalität. Der Preis dafür ist, daß der »Unfisch« irgendwie auf schwachen dramaturgischen Beinen steht. Doch Köhlmeier rettet sich darüber hinweg, dadurch bekommt der Film eine Originalität, die man sonst nicht braucht, weil die Geschichte ohnehin stimmig ist.

Wieso haben Sie Ihren Film ausgerechnet in den fünfziger Jahren angesiedelt? Der »Unfisch« ist ja eine völlig zeitlose Geschichte.

DORNHELM: Wir wollten sie eigentlich in der Gegenwart spielen lassen, aber gewisse ästhetische Überlegungen sprachen dagegen. Der Architekt wollte keine IKEA-Möbel und keine Fernsehapparate und diese häßlichen Dörfer, wie es sie heute gibt.

Die Wirklichkeit wäre Ihnen im Weg gestanden?

DORNHELM: Der Hauptgrund war die Bildästhetik. So gerieten wir in die Wirtschaftswunder-Jahre.

War das nicht mit besonderem Aufwand verbunden?

DORNHELM: Es war letztlich kein größerer Aufwand. Das einzige, was auf diese Weise wegfiel, war das Product placement. Ich wollte nämlich so gerne Miele-Waschmaschinen im Film haben. Eine Frau zum Beispiel würde sich eine Miele-Waschmaschine wünschen, das wäre dann ein tolle Werbung gewesen *(lacht).*

Der »Unfisch« wird stark von der Filmmusik Harald Klosers getragen, von der Gruppe »Die Knödel« virtuos und einfühlsam umgesetzt wird. Wie gerieten Sie an die Tiroler »Knödel«?

DORNHELM: Der Cutter des Films, Klaus Hundsbichler, ist Tiroler. Der bekam meine Ängste schon beim Drehen mit und legte beim Schneiden, um mich irgendwie aufzubauen, »Die Knödel« als Musik dazu, und ich fand das sehr stimmig. Ich sagte also zu Kloser: Mach deine Komposition und laß sie von den »Knödeln« spielen. Das hat er getan.

Der Film hat insgesamt eine starke moralische Note.

DORNHELM: Es ist ein moralisches Märchen.

Wie reagieren amerikanische Zuschauer darauf?

DORNHELM: Sie sind begeistert. Sie amüsieren sich.

Mit Untertiteln?

DORNHELM: Untertitelt, ja. Die Untertitel sind gut. Die hat eine Engländerin in einer ganz klassich-eleganten Sprache gemacht, einer sehr witzigen Sprache. Die paßt sehr gut, ist literarisch, was man im Kino nicht gewohnt ist.

Was gefiel den Amerikanern am »Unfisch«?

DORNHELM: Daß sie so was wirklich noch nie gesehen haben. Und genau deshalb geht man doch ins Kino: um etwas Neues, Unbekanntes zu sehen. Es waren nicht die deutschsprachigen Rechte, die wir zuerst verkauft haben, sondern es hat mit Brasilien, Uruguay angefangen, dann ging's weiter mit Korea, Japan, Rußland, Israel, Südafrika.

Der »Unfisch« ist ein langsamer, sehr europäischer Film geworden.

DORNHELM: Die ganzen Macher dieses Films sind Europäer, das kann man nicht verheimlichen. Ich glaube, für die Machart müssen wir uns nicht genieren.

Ist der »Unfisch« ein österreichischer Film?

DORNHELM: Ja, es ist ein Film, der von Österreichern, mit Österreichern und mit österreichischem Geld gemacht wurde. Zwar haben wir am Anfang gesagt, daß wir eine Art Heimatfilm machen. Wir haben vor zehn Jahren in Kalifornien sogar diesen Begriff gewählt: ein schräger, amüsanter Heimatfilm.

Was fällt Ihnen zum Begriff Heimat ein?

DORNHELM: Ich habe nichts gegen Heimat. Schöne Berge, reine Luft und klares Wasser sind ja nichts Schlechtes. Aber gegen nationalistische Heimatgefühle habe ich sehr viel.

Der Heimatbegriff hat während der zehn Unfisch-Jahre aber einige Schrammen abgekriegt.

DORNHELM: Die Atmosphäre hier in Österreich geht immer mehr ins Nationale. Deshalb wollte ich keine Lederhosen und keine Jodler und keine älplerische Musik in dem Film haben, obwohl ich mir das vor zehn Jahren in einer stilisierten Form noch gut hätte vorstellen können. Und deshalb ist der »Unfisch« für mich auch kein Heimatfilm.

Christian Seiler ist Redakteur beim österreichischen Nachrichtenmagazin »profil«

Der Unfisch

Sophie Moor	Maria Schrader
Maria Johler	Eva Herzig
Carl	Andreas Lust
Hundemann	George Kern
Herr Bürgermeister	August Schmölzer
Frau Bürgermeister	Beatrice Frey
Sekretär	Rainer Egger
Herr Johler	Karl Merkatz
Frau Johler	Bibiane Zeller
Pfarrer	Rudolf Wessely
Wenzel	Manuel Löffler
1. Gendarm	Erwin Leder
2. Gendarm	Hannes Fretzer
Carls Mutter	Hanna Held
Basil	Johannes Zeiler
Herr Fink	Heinrich Schweiger
Frau Fink	Gabriela Schmoll
Wirt	Gerhard Rühmkorf
Wirtin	Michou Friesz
Roberto	Matyas Drafi
Jodok	H. M. Buttinger

Regie	Robert Dornhelm
Drehbuch	Michael Köhlmeier
Kamera	Michi Riebl
Schnitt	Klaus Hundsbichler
Architekt	Christoph Kanter
Ausstattung	Christian Marin
Kostüm	Max Wohlkönig
Ton	Stanislav Litera
Musik	Harald Kloser
Produktionsleitung	Gerhard Hannak
Produzent	Norbert Blecha

Österreich/Farbe/98min
Hergestellt mit Unterstützung des Österreichischen Filminstituts,
des ORF, des Wiener Filmfinanzierungsfonds (WFF),
der Kulturabteilung des Landes Niederösterreich
sowie der Stadt Wiener Neustadt

Deuticke

MICHAEL KÖHLMEIER

Dein Zimmer für mich allein

112 Seiten, Hardcover mit
Schutzumschlag
ISBN 3-216-30301-2
DM 26,–/öS 189,–/sfr 24,–

BESTSELLER
Bereits in 4. Auflage

»... eine Erzählung, die verzaubert.« (ORF)

»... eine wunderbare Liebesgeschichte, die uns Michael Köhlmeier da weitererzählt.« (Kurier, Wien)

»Man wird das Büchlein drehen und wenden, um doch noch eine Seite zum Weiterlesen zu finden, umsonst.« (Tiroler Tageszeitung)

»Sollte es im Universum der Literatur so etwas wie das Paradies des Erzählens geben, es müßte wohl das Paradies des Michael Köhlmeier sein.«
(Falter, Wien)

Die Welt der Mongolen

Libretto zu einer Oper
von Kurt Schwertsik
96 Seiten, Pappband
ISBN 3-216-30310-1
DM 13,80/öS 98,–/sfr 13,50

»... ein rätselhaftes, mit menschlichen Urempfindungen spielendes Textbuch, in dem Traum und Wirklichkeit sanft ineinander verfließen.«
(Die Presse, Wien)

Deuticke

LITERATUR